ちくま文庫

教科書で読む名作

高瀬舟・最後の一句 ほか

森 鷗外

筑摩書房

カバー・本文デザイン　川上成夫

目次

傍注イラスト・秦麻利子

教科書で読む名作

高瀬舟・最後の一句ほか

【凡例】

一　「教科書で読む名作」シリーズでは、なるべく原文を尊重しつつ、文字表記を読みやすいものにした。

1　原則として、旧仮名遣いは新仮名遣いに、旧字は新字に改めた。

2　極端な当て字と思われるもの、代名詞・接続詞・副詞・連体詞・形式名詞・補助動詞などの一部は、仮名に改めたものがある。

3　常用漢字で転用できる漢字で、原文を損なうおそれが少ないと思われるものは、これを改めた。

4　送り仮名は、現行の「送り仮名の付け方」によった。

5　常用漢字の音訓表にないものには、作品ごとの初出でルビを付した。

二　今日の人権意識に照らして不当・不適切と思われる、人種・身分・職業・身体および精神障害に関する語句や表現については、時代的背景と作品の価値にかんがみ、そのままとした。

三　本巻に収録した作品のテクストは、『森鷗外全集』（全14巻、ちくま文庫）を使用した。

四　本書は、ちくま文庫のためのオリジナル編集である。

高瀬《たかせ》舟《ぶね》

発表——一九一六（大正五）年
高校国語教科書初出——一九五六（昭和三一）年

教育図書『国語　二　高等学校用』

高瀬舟は京都の高瀬川[1]を上下する小舟である。徳川時代に京都の罪人が遠島《えんとう》[2]を申し渡されると、本人の親類が牢《ろう》屋敷へ呼び出されて、そこで暇《いとま》乞いをすることを許された。それから罪人は高瀬舟に載せられて、大坂へ回されることであった。それを護送するのは、京都町奉行の配下にいる同心[3]で、この同心は罪人の親類の中で、主立った一人を大坂まで同船させることを許す慣例であった。これは上《かみ》[4]へ通ったことではないが、いわゆる大目に見るのであった、黙許であった。

当時遠島を申し渡された罪人は、もちろん重い科《とが》を犯したものと認められた人ではあるが、決して盗みをするために、人を殺し火を放ったというような、獰悪《どうあく》な人物が

1 高瀬川　京都府京都市中南部にある運河。一七世紀初めに角倉了以《すみのくらりょうい》が加茂川添いに開いた分水路。　2 遠島　死刑と追放の間の刑。田畑、家屋敷、家財をとり上げ、江戸からは伊豆《いず》七島へ、京・大坂など西国からは薩摩《さつま》五島や隠岐《おき》、壱岐《いき》、天草《あまくさ》、肥前五島などへ流した。　3 同心　諸奉行、所司代、城代などの配下に属し、与力の下で雑務を行う役。　4 上へ通ったこと　公の許しを得たこと。

多数を占めていたわけではない。高瀬舟に乗る罪人の過半は、いわゆる心得違いのために、思わぬ科を犯した人であった。ありふれた例を挙げてみれば、当時相対死《あいたいし》[5]といった情死を謀って、相手の女を殺して、自分だけ生き残った男というような類いである。

　そういう罪人を乗せて、入相《いりあい》[6]の鐘の鳴る頃に漕ぎ出された高瀬舟は、黒ずんだ京都の町の家々を両岸に見つつ、東へ走って、加茂川を横ぎって下るのであった。この舟の中で、罪人とその親類の者とは夜どおし身の上を語り合う。いつもいつも悔やんでも還《かえ》らぬ繰り言である。護送の役をする同心は、傍《そば》でそれを聞いて、罪人を出した親戚眷族《けんぞく》の悲惨な境遇を細かに知ることができた。しょせん町奉行の白洲《しらす》[7]で、表向きの口供[8]を聞いたり、役所の机の上で、口書き[9]を読んだりする役人の夢にも窺《うかが》うことのできぬ境遇である。

　同心を勤める人にも、いろいろの性質があるから、この時ただうるさいと思って、耳を覆いたく思う冷淡な同心があるかと思えば、またしみじみと人の哀れを身に引き受けて、役柄ゆえ気色には見せぬながら、無言のうちに私《ひそ》かに胸を痛める同心もあった。場合によって非常に悲惨な境遇に陥った罪人とその親類とを、特に心弱い、涙脆《もろ》い同心が宰領[10]していくことになると、その同心は不覚の涙を禁じ得ぬのであった。
そこで高瀬舟の護送は、町奉行所の同心仲間で、不快な職務として嫌われていた。

いつの頃であったか。多分江戸で白河楽翁侯[11]が政柄を執っていた寛政の頃ででもあっただろう。知恩院[12]の桜が入相の鐘に散る春の夕べに、これまで類のない、珍しい罪人が高瀬舟に載せられた。

それは名を喜助といって、三十歳ばかりになる、住所不定《ふじょう》の男である。もとより牢屋敷に呼び出されるような親類はないので、舟にもただ一人で乗った。

護送を命ぜられて、いっしょに舟に乗り込んだ同心羽田庄兵衛《しょうべえ》は、ただ喜助が弟殺しの罪人だということだけを聞いていた。さて牢屋敷から桟橋まで連れてくる間、こ

---

5 **相対死**　心中。6 **入相の鐘**　日暮れ時に寺でつく鐘。暮れ六つ（現在の午後六時頃）につかれた。7 **白洲**　奉行所で取り調べを行う場所。法廷。玉砂利が敷き詰めてあるので、こう呼ばれた。8 **口供**　被告、証人、鑑定人の申し立て。9 **口書き**　訴訟関係者の口供を筆記したもの。10 **宰領**　荷物や人の護送に付き添っていくこと。
11 **白河楽翁侯**　松平定信《さだのぶ》。一七五八―一八二九年。白河藩主で、楽翁・花月翁と号した。一七八七年から老中首座となり、寛政の改革を実施した。12 **知恩院**　京都市東山区にある浄土宗総本山。

の痩せ肉《じし》の、色の蒼白《あおじろ》い喜助の様子を見るに、いかにも神妙に、いかにもおとなしく、自分をば公儀の役人として敬って、何事につけても逆らわぬようにしている。しかもそれが、罪人の間に往々見受けるような、温順を装って権勢に媚《こ》びる態度ではない。

庄兵衛は不思議に思った。そして舟に乗ってからも、単に役目の表で見張っているばかりでなく、絶えず喜助の挙動に、細かい注意をしていた。

その日は暮れ方から風が歇《や》んで、空一面を蔽《おお》った薄い雲が、月の輪郭をかすませ、ようよう近寄ってくる夏の温かさが、両岸の土からも、川床の土からも、靄《もや》になって立ち昇るかと思われる夜であった。13下京《しもぎょう》の町を離れて、加茂川を横ぎった頃からは、あたりがひっそりとして、ただ舳《へさき》に割かれる水のささやきを聞くのみである。

夜舟で寝ることは、罪人にも許されているのに、喜助は横になろうともせず、雲の濃淡に従って、光の増したり減じたりする月を仰いで、黙っている。その額は晴れやかで目には微《かす》かなかがやきがある。

庄兵衛はまともには見ていぬが、終始喜助の顔から目を離さずにいる。そして不思議だ、不思議だと、心の内で繰り返している。それは喜助の顔が縦から見ても、横から見ても、いかにも楽しそうで、もし役人に対する気兼ねがなかったなら、口笛を吹きはじめるとか、鼻歌を歌い出すとかしそうに思われたからである。

庄兵衛は心の内に思った。これまでこの高瀬舟の宰領をしたことは幾度《いくたび》だか知れない。しかし乗せていく罪人は、いつもほとんど同じように、目も当てられぬ気の毒な様子をしていた。それにこの男はどうしたのだろう。遊山船[14]にでも乗ったような顔をしている。罪は弟を殺したのだそうだが、よしやその弟が悪い奴《やつ》で、それをどんな行き掛かりになって殺したにせよ、人の情としていい心持ちはせぬはずである。この色の蒼い痩せ男が、その人の情というものがまったく欠けているほどの、世にも稀《まれ》な悪人であろうか。どうもそうは思われない。ひょっと気でも狂っているのではあるまいか。いやいや。それにしては何一つ辻褄《つじつま》の合わぬ言葉や挙動がない。この男はどうしたのだろう。庄兵衛がためには喜助の態度が考えれば考えるほどわからなくなるのである。

13 **下京** 京都市の三条通り以南の地。 14 **遊山船** 遊山客を乗せる船。「遊山」は、気晴らしに遊びに出かけること。

しばらくして、庄兵衛はこらえ切れなくなって呼び掛けた。「喜助。お前何を思っているのか。」

「はい」と言ってあたりを見回した喜助は、何事をかお役人に見咎《みとが》められたのではないかと気遣うらしく、居ずまいを直して庄兵衛の気色を伺った。

庄兵衛は自分が突然問いを発した動機を明かして、役目を離れた応対を求める言い訳をしなくてはならぬように感じた。そこでこう言った。「いや。別にわけがあって聞いたのではない。実はな、俺はさっきからお前の島へ行く心持ちが聞いてみたかったのだ。俺はこれまでこの舟で大勢の人を島へ送った。それは随分いろいろな身の上の人だったが、どれもどれも島へ行くのを悲しがって、見送りにきて、いっしょに舟に乗る親類のものと、夜どおし泣くに決まっていた。それにお前の様子を見れば、どうも島へ行くのを苦にしてはいないようだ。いったいお前はどう思っているのだい。」

喜助はにっこり笑った。「ご親切におっしゃって下すって、ありがとうございます。なるほど島へ行くということは、外の人には悲しいことでございましょう。その心持ちはわたくしにも思い遣《や》ってみることができます。しかしそれは世間で楽をしていた人だからでございます。京都は結構な土地ではございますが、その結構な土地で、これまでわたくしのいたして参ったような苦しみは、どこへ参ってもなかろうと存じます。お上のお慈悲で、命を助けて島へ遣って下さいます。島はよしやつらいところでも、鬼の栖《す》むところではございますまい。わたくしはこれまで、どこといって自分のいていいところというものがございませんでした。今度お上で島にいろとおっしゃって下さいます。そのいろとおっしゃるところに落ち着いていることができますのが、まず何よりもありがたいことでございます。それにわたくしはこんなにかよわい体ではございますが、ついぞ病気をいたしたことはございませんから、島へ行ってから、どんなつらい仕事をしたって、体を痛めるようなことはあるまいと存じます。それから今度島へお遣り下さるに付きまして、二百文の鳥目《ちょうもく》[15]を戴《いただ》きました。それをここに持っております。」こう言い掛けて、喜助は胸に手を当てた。遠島を仰せ付けられるものには、鳥目二百銅を遣わすというのは、当時の掟《おきて》であった。

---

15 **鳥目** 銭の異称。穴の形が鳥の目に似ているので、こう呼ばれた。

喜助は言葉を継いだ。「お恥ずかしいことを申し上げなくてはなりませぬが、わたくしは今日まで二百文というお足を、こうして懐に入れて持っていたことはございませぬ。どこかで仕事に取り付きたいと思って、仕事を尋ねて歩きまして、それが見付かり次第、骨を惜しまずに働きました。そして貰《もら》った銭は、いつも右から左へ人手に渡さなくてはなりませなんだ。それも現金で物が買って食べられる時は、わたくしの工面のいい時で、たいていは借りたものを返して、また後を借りたのでございます。それがお牢に入ってからは、仕事をせずに食べさせて戴きます。わたくしはそればかりでも、お上に対して済まないことをいたしているようでなりませぬ。それにお牢を出る時に、この二百文を戴きましたのでございます。こうして相変わらずお上のものを食べていてみますれば、この二百文はわたくしが使わずに持っていることができます。お足を自分のものにして持っているということは、わたくしにとっては、これが初めてでございます。島へ行ってみますまでは、どんな仕事ができるかわかりませんが、わたくしはこの二百文を島でする仕事の本手にしようと楽しんでおります。」こう言って、喜助は口を噤《つぐ》んだ。

庄兵衛は「うん、そうかい。」とは言ったが、聞くことごとにあまり意表に出たので、これもしばらく何も言うことができずに、考え込んで黙っていた。

庄兵衛はかれこれ初老[16]に手の届く年になっていて、もう女房に子供を四人生ませている。それに老母が生きているので、家は七人暮らしである。平生人には吝嗇《りんしょく》と言われるほどの、倹約な生活をしていて、衣類は自分が役目のために着るものの外、寝巻きしか拵《こしら》えぬくらいにしている。しかし不幸なことには、妻をいい身代の商人の家から迎えた。そこで女房は夫の貰う扶持米《[17]ふちまい》で暮らしを立てていこうとする善意はあるが、豊かな家にかわいがられて育った癖があるので、夫が満足するほど手元を引き締めて暮らしていくことができない。ややもすれば月末になって勘定が足りなくなる。すると女房が内証で里から金を持ってきて帳尻を合わせる。それは夫が借財というものを毛虫のように嫌うからである。そういうことは所詮《しょせん》夫に知れずにはいない。庄兵衛は五節句[18]だと言っては、里方から物を貰い、子供の七五三の祝いだと言っては、里方から子供に衣類を貰うのでさえ、心苦しく思っているのだから、暮らしの穴を埋めても

16 初老　四〇歳の異称。17 扶持米　封建時代に、主君から家臣に給与として与えた俸禄《ほうろく》。江戸時代には、一人一日、玄米五合を標準とした。18 五節句　人日《じんじつ》（正月七日）、上巳《じょうし》（三月三日）、端午《たんご》（五月五日）、七夕《しちせき》（七月七日）、重陽《ちょうよう》（九月九日）の五節句。

らったのに気が付いては、いい顔はしない。格別平和を破るようなことのない羽田の家に、折々波風の起こるのは、これが原因である。

庄兵衛は今喜助の話を聞いて、喜助の身の上を我が身の上に引き比べてみた。喜助は仕事をして給料を取っても、右から左へ人手に渡してなくしてしまうと言った。いかにも哀れな、気の毒な境界《きょうがい》である。しかし一転して我が身の上を顧みれば、彼と我との間に、果たしてどれほどの差があるか。自分も上から貰う扶持米を、右から左へ人手に渡して暮らしているに過ぎぬではないか。彼と我との相違は、いわば十露盤《そろばん》の桁が違っているだけで、喜助のありがたがる二百文に相当する貯蓄だに、こっちはないのである。

さて桁を違えて考えてみれば、鳥目二百文をでも、喜助がそれを貯蓄と見て喜んでいるのに無理はない。その心持ちはこっちから察してやることができる。しかしいかに桁を違えて考えてみても、不思議なのは喜助の欲のないこと、足ることを知っていることである。

喜助は世間で仕事を見付けるのに苦しんだ。それを見付けさえすれば、骨を惜しまずに働いて、ようよう口を糊《のり》することのできるだけで満足した。そこで牢に入ってからは、今まで得難かった食が、ほとんど天から授けられるように、働かずに得られるのに驚いて、生まれてから知らぬ満足を覚えたのである。

庄兵衛はいかに桁を違えて考えてみても、ここに彼と我との間に、大いなる懸隔のあることを知った。自分の扶持米で立てていく暮らしは、折々足らぬことがあるにしても、たいてい出納《すいとう》が合っている。手いっぱいの生活である。しかるにそこに満足を覚えたことはほとんどない。常は幸いとも不幸とも感ぜずに過ごしている。しかし心の奥には、こうして暮らしていて、ふいとお役がご免になったらどうしよう、大病にでもなったらどうしようという疑懼《ぎく》が潜んでいて、折々妻が里方から金を取り出してきて穴埋めをしたことなどがわかると、この疑懼が意識の閾《しきい》[19]の上に頭を擡《もた》げてくるのである。

いったいこの懸隔はどうして生じてくるだろう。ただ上辺だけを見て、それは喜助には身に係累がないのに、こっちにはあるからだと言ってしまえばそれまでである。しかしそれは嘘《うそ》である。よしや自分が一人者であったとしても、どうも喜助のような

19 閾　ある意識作用の生起と消失との境をいう。

心持ちにはなられそうにない。この根底はもっと深いところにあるようだと、庄兵衛は思った。

庄兵衛はただ漠然と、人の一生というようなことを思ってみた。人は身に病があると、この病がなかったらと思う。その日その日の食がないと、食っていかれたらと思う。万一の時に備える蓄えがないと、少しでも蓄えがあったらと思う。蓄えがあっても、またその蓄えがもっと多かったらと思う。かくのごとくに先から先へと考てみれば、人はどこまで行って踏み止《とど》まることができるものやら分からない。それを今目の前で踏み止まってみせてくれるのがこの喜助だと、庄兵衛は気が付いた。

庄兵衛は今さらのように驚異の目を睜《みは》って喜助を見た。この時庄兵衛は空を仰いでいる喜助の頭から[20]毫光《ごうこう》がさすように思った。

庄兵衛は喜助の顔を[21]まもりつつまた、「喜助さん。」と呼び掛けた。今度は「さん」と言ったが、これは十分の意識をもって称呼を改めたわけではない。その声が我が口から出て我が耳に入るや否や、庄兵衛はこの称呼の不穏当なのに気が付いたが、今さ

らすでに出た言葉を取り返すこともできなかった。

「はい。」と答えた喜助も、「さん」と呼ばれたのを不審に思うらしく、おそるおそる庄兵衛の気色を覗《うかが》った。

庄兵衛は少し間の悪いのをこらえて言った。「いろいろのことを聞くようだが、お前が今度島へ遣られるのは、人をあやめたからだということだ。俺についでにそのわけを話して聞かせてくれぬか。」

喜助はひどく恐れ入った様子で、「かしこまりました。」と言って、小声で話し出した。「どうもとんだ心得違いで、恐ろしいことをいたしまして、なんとも申し上げようがございませぬ。後で思ってみますと、どうしてあんなことができたかと、自分ながら不思議でなりませぬ。まったく夢中でいたしましたのでございます。わたくしは小さい時に二親が時疫《じえき》[22]で亡くなりまして、弟と二人後に残りました。初めはちょうど軒下に生まれた犬の子にふびんを掛けるように町内の人たちがお恵み下さいますので、

20 毫光　仏の眉間《みけん》にある白毫《びゃくごう》（白い毛）から四方に発する細い光。仏の知恵にたとえられる。　21 まもりつつ　見つめながら。　22 時疫　流行病。

近所中の走り使いなどをいたして、飢え凍えもせずに、育ちました。次第に大きくなりまして職を捜しますにも、なるたけ二人が離れないようにいたして、いっしょにいて、助け合って働きました。去年の秋のことでございます。わたくしは弟といっしょに、[23]西陣の織り場に入りまして、[24]空引きということをいたすことになりました。そのうち弟が病気で働けなくなったのでございます。その頃わたくしどもは北山の[25]掘っ立て小屋同様のところに寝起きをいたして、[26]紙屋川の橋を渡って織り場へ通っておりましたが、わたくしが暮れてから、食物などを買って帰ると、弟は待ち受けていて、わたくしを一人で稼がせては済まない済まないと申しておりました。ある日いつものように何心なく帰ってみますと、弟は布団の上に突っ伏していまして、周りは血だらけなのでございます。わたくしはびっくりいたして、手に持っていた竹の皮包みや何かを、そこへおっぽり出して、傍へ行って『どうしたどうした。』と申しました。すると弟は真っ青な顔の、両方の頬から腮《あご》へ掛けて血に染まったのを挙げて、わたくしを見ましたが、ものを言うことができませぬ。息をいたす度に、創口《きずぐち》でひゅうひゅうという音がいたすだけでございます。わたくしにはどうも様子がわかりませんので、『どうしたのだい、血を吐いたのかい。』と言って、傍へ寄ろうといたすと、弟は右の手を床に着いて、少し体を起こしました。左の手はしっかり腮の下のところを押さえていますが、その指の間から黒血の固まりがはみ出しています。弟は目でわたくしの傍へ寄るのを留めるようにして口を利きました。ようようものが言えるようになったのでございます。『済まない。どうぞ堪忍してくれ。どうせなおりそうにもない病気だから、早く死んで少しでも兄きに楽がさせたいと思ったのだ。笛[27]を切ったら、すぐ死ねるだろうと思ったが息がそこから漏れるだけで死ねない。深く深くと思って、力いっぱい押し込むと、横へすべってしまった。刃は翻《こぼ》れはしなかったようだ。これを旨《うま》く抜いてくれたら俺は死ねるだろうと思っている。ものを言うのがせつなくってい けない。どうぞ手を借して抜いてくれ。』と言うのでございます。弟が左の手を弛《ゆる》めるとそこからまた息が漏ります。わたくしはなんと言おうにも、声が出ませんので、黙って弟の喉《のど》の創を覗《のぞ》いてみますと、なんでも右の手に剃刀《かみそり》を持って、横に笛を切ったが、それでは死に切れなかったので、そのまま剃刀を、剔《えぐ》るように深く突っ込んだ

23 西陣　京都市上京区にある高級絹織物の産地。24 空引き　「空引き機《ばた》」の略。色糸を使って紋様を織り出す、紋織りに用いられた織機。25 北山　京都盆地の北側を囲む山地の総称。26 紙屋川　現在の天神川。27 笛　のどぶえ。

ものと見えます。柄がやっと二寸[28]ばかり創口から出ています。わたくしはそれだけのことを見て、どうしようという思案も付かずに、弟の顔を見ました。弟はじっとわたくしを見詰めています。わたくしはやっとのことで、『待っていてくれ、お医者を呼んでくるから。』と申しました。弟は怨《うら》めしそうな目付きをいたしましたが、また左の手で喉をしっかり押さえて、『医者がなんになる、ああ苦しい、早く抜いてくれ、頼む。』と言うのでございます。わたくしは途方に暮れたような心持ちになって、ただ弟の顔ばかり見ております。こんな時は、不思議なもので、目がものを言います。弟の目は『早くしろ、早くしろ。』と言って、さも怨めしそうにわたくしを見ています。わたくしの頭の中では、なんだかこう車の輪のようなものがぐるぐる回っているようでございましたが、弟の目は恐ろしい催促を罷《や》めません。それにその目の怨めしそうなのがだんだん険しくなってきて、とうとう敵《かたき》の顔をでも睨《にら》むような、憎々しい目になってしまいます。それを見ていて、わたくしはとうとう、これは弟の言った通りにしてやらなくてはならないと思いました。わたくしは『しかたがない、抜いてやるぞ。』と申しました。すると弟の目の色がからりと変わって、晴れやかに、さも嬉《うれ》しそうになりました。わたくしはなんでもひと思いにしなくてはと思って膝を着くようにして体を前へ乗り出しました。弟は着いていた右の手を放して、今まで喉を押さえていた手の肘を床に着いて、横になりました。わたくしは剃刀の柄をしっかり握って、ずっと引きました。この時わたくしの内から締めておいた表口の戸をあけて、近所の婆《ばあ》さんが入ってきました。留守の間、弟に薬を飲ませたり何かしてくれるように、わたくしの頼んでおいた婆さんなのでございます。もうだいぶ内のなかが暗くなっていましたから、わたくしには婆さんがどれだけのことを見たのだかわかりませんでしたが、婆さんはあっと言ったきり、表口をあけ放しにしておいて駆け出してしまいました。わたくしは剃刀を抜く時、手早く抜こう、まっすぐに抜こうというだけの用心はいたしましたが、どうも抜いた時の手応えは、今まで切れていなかったところを切ったように思われました。刃が外のほうへ向いていましたから、外のほうが切れたのでございましょう。わたくしは剃刀を握ったまま、婆さんの入ってきてまた駆け出していったのを、ぼんやりして見ておりました。婆さんが行ってしまってから、気が付いて弟を見ますと、弟はもう息が切れておりました。創口からはたいそうな血が出て

28 寸　長さの単位。一寸は、約三センチメートル。

おりました。それから年寄衆《としよりしゅう》[29]がおいでになって、役場へ連れていかれますまで、わたくしは剃刀を傍に置いて、目を半分あいたまま死んでいる弟の顔を見詰めていたのでございます。」

少し俯向《うつむ》き加減になって庄兵衛の顔を下から見上げて話していた喜助は、こう言ってしまって視線を膝の上に落とした。

喜助の話はよく条理が立っている。ほとんど条理が立ち過ぎていると言ってもいいくらいである。これは半年ほどの間、当時のことを幾度も思い浮かべてみたのと、役場で問われ、町奉行所で調べられるその度ごとに、注意に注意を加えて浚《さら》ってみさせられたのとのためである。

庄兵衛はその場の様子を目のあたり見るような思いをして聞いていたが、これが果たして弟殺しというものだろうか、人殺しというものだろうかという疑いが、話を半分聞いた時から起こってきて、聞いてしまっても、その疑いを解くことができなかった。弟は剃刀を抜いてくれたら死なれるだろうから、抜いてくれと言った。それを抜いてやって死なせたのだ、殺したのだとは言われる。しかしそのままにしておいても、どうせ死ななくてはならぬ弟であったらしい。それが早く死にたいと言ったのは、苦しさに耐えなかったからである。喜助はその苦を見ているに忍びなかった。苦から救ってやろうと思って命を絶った。それが罪であろうか。殺したのは罪に相違ない。しかしそれが苦から救うためであったと思うと、そこに疑いが生じて、どうしても解けぬのである。

庄兵衛の心の中には、いろいろに考えてみた末に、自分より上のものの判断に任す外ないという念、オオトリテエ[30]に従う外ないという念が生じた。庄兵衛はお奉行様の判断を、そのまま自分の判断にしようと思ったのである。そうは思っても、庄兵衛はまだどこやらに腑《ふ》に落ちぬものが残っているので、なんだかお奉行様に聞いてみたくてならなかった。

次第に更けていく朧夜《おぼろよ》に、沈黙の人二人を乗せた高瀬舟は、黒い水の面をすべっていった。

29 年寄衆　村役人。　30 オオトリテエ　権威。［フランス語］ autorité

最後《さいご》の一句《いっく》

発表――一九一五（大正四）年
高校国語教科書初出――一九五七（昭和三二）年
秀英出版『近代の小説』

元文《げんぶん》[1]三年十一月二十三日のことである。大坂で、船乗り業桂屋太郎兵衛《かつらやたろべえ》というものを、木津川[2]口で三日間曝《さら》[3]した上、斬罪に処すると、高札[4]に書いて立てられた。市中至るところ太郎兵衛の噂《うわさ》ばかりしている中に、それを最も痛切に感ぜなくてはならぬ太郎兵衛の家族は、南組[5]堀江橋[6]際の家で、もう丸二年ほど、ほとんどまったく世間との交通を絶って暮らしているのである。

　この予期すべき出来事を、桂屋へ知らせにきたのは、ほど遠からぬ平野町《ひらのまち》[7]に住んでいる太郎兵衛が女房の母であった。この白髪頭の媼《おうな》のことを桂屋では平野町のおばあ様と言っている。おばあ様とは、桂屋にいる五人の子供がいつもいいものをお土産に

1 **元文三年**　一七三八年。 2 **木津川**　淀《よど》川の分流。大阪市大正区と西成《にしなり》区の境。 3 **曝した上、斬罪**　犯人を所定の大道にさらして見せしめとしたうえで、打ち首の刑に処すること。 4 **高札**　法令公布のため、人目を引きやすい場所に掲示した板の札。 5 **南組**　当時の大坂の行政区画の一つ。北、南、天満《てんま》の三区画に分けられていた。 6 **堀江橋**　現在の大阪市西区にあった。 7 **平野町**　現在の大阪市中央区にある。

持ってきてくれる祖母に名づけた名で、それを主人も呼び、女房も呼ぶようになったのである。

おばあ様を慕って、おばあ様にあまえ、おばあ様にねだる孫が、桂屋に五人いる。その四人は、おばあ様が十七になった娘を桂屋へよめによこしてから、今年十六年目になるまでの間に生まれたのである。長女いちが十六歳、二女まつが十四歳になる。その次に、太郎兵衛が娘をよめに出す覚悟で、平野町の女房の里方から、赤子のうちに貰《もら》い受けた、長太郎という十二歳の男子がある。その次にまた生まれた太郎兵衛の娘は、とくといって八歳になる。最後に太郎兵衛の初めて設けた男子の初五郎がいて、これが六歳になる。

平野町の里方は裕福なので、おばあ様のお土産はいつも孫たちに満足を与えていた。それが一昨年太郎兵衛の入牢《にゅうろう》してからは、とかく孫たちに失望を起こさせるようになった。おばあ様が暮らし向きの用に立つものを主に持ってくるので、おもちゃやお菓子は少なくなったからである。

しかしこれから生い立っていく子供の元気は盛んなもので、ただおばあ様のお土産が乏しくなったばかりでなく、おっ母《か》様の不機嫌になったのにも、ほどなく慣れて、格別萎《しお》れた様子もなく、相変わらず小さい争闘と小さい和睦との刻々に交代する、賑《にぎ》やかな生活を続けている。そして「遠い遠いところへ行って帰らぬ。」と言い聞かされた父の代わりに、このおばあ様の来るのを歓迎している。

これに反して、厄難に遭ってからこのかた、いつも同じような悔恨と悲痛との外に、何物をも心に受け入れることのできなくなった太郎兵衛の女房は、手厚くみついでくれ親切に慰めてくれる母に対しても、ろくろく感謝の意をも表することがない。母がいつ来ても、同じような繰り言を聞かせて帰すのである。

厄難に遭った初めには、女房はただ茫然《ぼうぜん》と目を瞬《みは》っていて、食事も子供のために、器械的に世話をするだけで、自分はほとんど何も食わずに、しきりに咽《のど》が乾くと言っては、湯を少しずつ飲んでいた。夜は疲れてぐっすり寝たかと思うと、度々目を覚まして溜《た》め息を衝《つ》く。それから起きて、夜なかに裁縫などをすることがある。そんな時は、傍《そば》に母の寝ていぬのに気が付いて、最初に四歳になる初五郎が目を覚ます。次いで六歳になるとくが目を覚ます。女房は子供に呼ばれて床にはいって、子供が安心して寝付くと、また大きく目をあいて溜め息を衝いているのであった。それから二、三日たって、ようよう泊まり掛けに来ている母に繰り言を言って泣くことができるようになった。それから丸二年ほどの間、女房は器械的に立ち働いては、同じように繰り言を言い、同じように泣いているのである。

　高札の立った日には、午《ひる》過ぎに母が来て、女房に太郎兵衛の運命の決まったことを話した。しかし女房は、母の恐れたほど驚きもせず、聞いてしまって、またいつもと同じ繰り言を言って泣いた。母はあまり手ごたえのないのをもの足らなく思うくらいであった。この時長女のいちは、襖《ふすま》の陰に立って、おばあ様の話を聞いていた。

　桂屋にかぶさってきた厄難というのはこうである。主人太郎兵衛は船乗りとはいっても、自分が船に乗るのではない。[8]北国《ほっこく》通いの船を持っていて、それに新七という男を乗せて、運送の業を営んでいる。大坂ではこの太郎兵衛のような男を[9]居船頭《いせんどう》と言っていた。居船頭の太郎兵衛が[10]沖船頭の新七を使っているのである。

　元文元年の秋、新七の船は、[11]出羽国《でわのくに》秋田から米を積んで出帆した。その船が不幸にも航海中に風波の難に遭って、半難船の姿になって、積み荷の半分以上を流失した。新七は残った米を売って金にして、大坂へ持って帰った。

さて新七が太郎兵衛に言うには、難船をしたことは港々で知っている。残った積み荷を売ったこの金は、もう米主に返すには及ぶまい。これはあとの船をしたてる費用に当てようじゃないかと言った。

太郎兵衛はそれまで正直に営業していたのだが、営業上に大きい損失を見た直後に、現金を目の前に並べられたので、ふと良心の鏡が曇って、その金を受け取ってしまった。

すると、秋田の米主のほうでは、難船の知らせを得た後に、残り荷のあったことやら、それを買った人のあったことやらを、人伝《ひとづて》に聞いて、わざわざ人を調べに出した。そして新七の手から太郎兵衛に渡った金高までを探り出してしまった。

米主は大坂へ出て訴えた。新七は逃走した。そこで太郎兵衛が入牢してとうとう死罪に行われることになったのである。

8　**北国通いの船**　京坂地方に奥羽・北国の米穀物資を回送するための航路。日本海から下関《しものせき》を回り、瀬戸内海を通って大坂へ入る。　9　**居船頭**　廻船《かいせん》の所有者。船主。　10　**沖船頭**　現在の船長にあたる。　11　**出羽国**　現在の山形・秋田県。

平野町のおばあ様が来て、恐ろしい話をするのを姉娘のいちが立ち聞きをした晩のことである。桂屋の女房はいつも繰り言を言って泣いたあとで出る疲れが出て、ぐっすり寝入った。女房の両脇には、初五郎と、とくとが寝ている。初五郎の隣には長太郎が寝ている。とくの隣にまつ、それに並んでいちが寝ている。

しばらくたって、いちが何やら布団の中で独り言を言った。「ああ、そうしよう。きっとできるわ。」と、言ったようである。

まつがそれを聞き付けた。そして「姉さん、まだ寝ないの。」と言った。

「大きい声をおしでない。わたしいいことを考えたから。」いちはまずこう言って妹を制しておいて、それから小声でこういうことをささやいた。お父《と》っさんはあさって殺されるのである。自分はそれを殺させぬようにすることができると思う。どうするかというと、願い書というものを書いてお奉行[12]様に出すのである。しかしただ殺さないでおいて下さいと言ったって、それでは聴かれない。お父っさんを助けて、その代わりにわたくしども子供を殺して下さいと言って頼むのである。それをお奉行様が聴いて下すって、お父っさんが助かれば、それでいい。子供は本当に皆殺されるやら、わたしが殺されて、小さいものは助かるやら、それはわからない。ただお願いをする時、長太郎だけはいっしょに殺して下さらないように書いておく。あれはお父っさんの本当の子でないから、死なくてもいい。それにお父っさんがこの家の跡を取らせようと言っていらっしゃったのだから、殺されないほうがいいのである。いちは妹にそれだけのことを話した。

「でもこわいわねえ。」と、まつが言った。

「そんなら、お父っさんが助けてもらいたくないの。」

「それは助けてもらいたいわ。」

「それご覧。まつさんはただわたしに付いてきて同じようにさえしていればいいのだよ。わたしが今夜願い書を書いておいて、あしたの朝早く持っていきましょうね。」

いちは起きて、手習いの清書をする半紙に、平仮名で願い書を書いた。父の命を助けて、その代わりに自分と妹のまつ、とく、弟の初五郎をおしおきにしていただきた

12 お奉行様　ここでは、町奉行。江戸幕府の職名で、京都、大坂、駿府《すんぷ》に置かれ、町人を管轄し訴訟をさばいた。

い。実子でない長太郎だけはお許し下さるようにというだけのことではあるが、どう書き綴《つづ》っていいかわからぬので、幾度も書き損なって、清書のためにもらってあった白紙《しらかみ》が残り少なになった。しかしとうとう一番鶏《いちばんどり》[13]鳴く頃に願い書ができた。

願い書を書いているうちに、まつが寝入ったので、いちは小声で呼び起こして、床の脇に畳んであった不断着に着替えさせた。そして自分も支度をした。

女房と初五郎とは知らずに寝ていたが、長太郎が目を覚まして、「ねえさん、もう夜が明けたの。」と言った。

いちは長太郎の床の傍《そば》へ行ってささやいた。「まだ早いから、お前は寝ておいで。ねえさんたちは、お父っさんの大事な御用で、そっと行ってくるところがあるのだからね。」

「そんならおいらも行く。」と言って、長太郎はむっくり起き上がった。

いちは言った。「じゃあ、お起き、着物を着せて上げよう。長さんは小さくても男だから、いっしょに行ってくれれば、そのほうがいいのよ。」と言った。

女房は夢のようにあたりの騒がしいのを聞いて、少し不安になって寝がえりをしたが、目は覚めなかった。

三人の子供がそっと家を抜け出したのは、[14]二番鶏の鳴く頃であった。戸の外は霜の暁であった。提灯《ちょうちん》を持って、拍子木を敲《たた》いてくる夜回りの爺《じい》さんに、お奉行様のところへはどう行ったら行かれようと、いちがたずねた。爺さんは親切な、もの分かりのいい人で、子供の話を真面目に聞いて、[15]月番の西奉行所のあるところを、丁寧に教えてくれた。当時の町奉行は、東が[16]稲垣淡路守種信《いながきあわじのかみたねのぶ》で、西が[17]佐佐又四郎成意《なりむね》である。そして十一月には西の佐佐が月番に当たっていたのである。

爺さんが教えているうちに、それを聞いていた長太郎が、「そんなら、おいらの知った町だ。」と言った。そこで姉妹《きょうだい》は長太郎を先に立てて歩き出した。

ようよう西奉行所に辿《たど》り着いてみれば、門がまだ閉まっていた。門番所の窓の下に行って、いちが「もしもし。」と度々繰り返して呼んだ。

しばらくして窓の戸があいて、そこへ四十格好の男の顔が覗《のぞ》いた。「やかましい。

13 **一番鶏**　夜明け前、最初に鳴く鶏。丑《うし》の刻（午前二時頃）といわれる。14 **二番鶏**　寅《とら》の刻（午前四時頃）。15 **月番の西奉行所**　毎月、大坂では東・西の奉行所が交替で務めた。西町奉行所は、現在の大阪市中央区にあった。16 **稲垣淡路守種信**　大坂東町奉行。一六九四―一七六三年。17 **佐佐又四郎成意**　大坂西町奉行。一六九〇―一七四六年。

なんだ。」

「お奉行様にお願いがあってまいりました。」と、いちが丁寧に腰を屈めて言った。

「ええ。」と言ったが、男は容易に言葉の意味を解しかねる様子であった。

いちはまた同じことを言った。

男はようようわかったらしく、「お奉行様には子供がものを申し上げることはできない、親が出てくるがいい。」と言った。

「いいえ、父はあしたおしおきになりますので、それについてお願いがございます。」

「なんだ。あしたおしおきになる。それじゃあ、お前は桂屋太郎兵衛の子か。」

「はい。」といちが答えた。

「ふん。」と言って、男は少し考えた。そして言った。「怪《け》しからん。子供までが上《かみ》を恐れんと見える。お奉行様はお前たちにお会いはない。帰れ帰れ。」こう言って、窓を閉めてしまった。

まつが姉に言った。「ねえさん、あんなに叱るから帰りましょう。」

いちは言った。「黙っておいで。叱られたって帰るのじゃありません。ねえさんのする通りにしておいで。」こう言って、いちは門の前にしゃがんだ。まつと長太郎とは付いてしゃがんだ。

三人の子供は門のあくのをだいぶ久しく待った。ようよう貫の木[18]をはずす音がして、門があいた。あけたのは、先に窓から顔を出した男である。

いちが先に立って門内に進み入ると、まつと長太郎とが後ろに続いた。いちの態度があまり平気なので、門番の男は急に支え留《とど》めようともせずにいた。そしてしばらく三人の子供の玄関のほうへ進むのを、目を瞬《みは》って見送っていたが、ようよう我に帰って、「これこれ。」と声を掛けた。

「はい。」と言って、いちはおとなしく立ち留まって振り返った。

「どこへ行くのだ。さっき帰れと言ったじゃないか。」

「そうおっしゃいましたが、わたくしどもはお願いを聞いていただくまでは、どうしても帰らないつもりでございます。」

「ふん。しぶとい奴《やつ》だな。とにかくそんなところへ行ってはいかん。こっちへ来い。」

子供たちは引き返して、門番の詰め所へ来た。それと同時に玄関脇から、「なんだ、

18　貫の木　門をとざす横木。かんぬき。

なんだ。」と言って、二、三人の詰め衆[19]が出てきて、子供たちを取り巻いた。いちはほとんどこうなるのを待ち構えていたように、そこに蹲《うずくま》って、懐中から書き付けを出して、真っ先にいる与力[20]の前に差し付けた。まつと長太郎もいっしょに蹲って礼をした。

書き付けを前へ出された与力は、それを受け取ったものか、どうしたものかと迷うらしく、黙っていちの顔を見下ろしていた。

「お願いでございます。」と、いちが言った。

「こいつらは木津川口で曝し物になっている桂屋太郎兵衛の子供でございます。親の命乞いをするのだと言っています。」と、門番が傍らから説明した。

与力は同役の人たちを顧みて、「ではとにかく書き付けを預かっておいて、伺ってみることにしましょうかな。」と言った。それには誰《たれ》も異議がなかった。

与力は願い書をいちの手から受け取って、玄関にはいった。

西町奉行の佐佐は、両奉行のうちの新参で、大坂に来てから、まだ一年たっていな

い。役向きのことはすべて同役の稲垣に相談して、城代[21]に伺って処置するのであった。それであるから、桂屋太郎兵衛の公事[22]《くじ》について、前役の申し継ぎを受けてから、それを重要事件として気に掛けていて、ようよう処刑の手続きが済んだのを重荷を下ろしたように思っていた。

そこへ今朝になって、宿直の与力が出て、命乞いの願いに出たものがあると言ったので、佐佐はまずせっかく運ばせたことに邪魔がはいったように感じた。

「参ったのはどんなものか。」佐佐の声は不機嫌であった。

「太郎兵衛の娘両人と倅《せがれ》とがまいりまして、年上の娘が願い書を差し上げたいと申しますので、これに預っております。ご覧になりましょうか。」

「それは目安箱[23]をもお設けになっておる御趣意から、次第によっては受け取ってもよろしいが、一応はそれぞれ手続きのあることを申し聞かせんではなるまい。とにかく

19 **詰め衆**　与力詰め所に出勤している役人。ここでは、与力。20 **与力**　町奉行の配下にあって、同心を指揮して上司の職務を補佐する者。21 **城代**　大坂城代。大坂城中に居住し、京都所司代とともに関西の治安警備にあたった。大坂町奉行・堺《さかい》奉行の裁判事務も監督した。22 **公事**　訴訟事件。23 **目安箱**　民の直訴を受けるために、町奉行所門前に出しておいた箱。「目安」は訴状のこと。

預かっておるなら、内見しよう。」

与力は願い書を佐佐の前に出した。それを開いてみて佐佐は不審らしい顔をした。

「いちというのがその年上の娘であろうが、何歳になる。」

「取り調べはいたしませんが、十四、五歳くらいに見受けまする。」

「そうか。」佐佐はしばらく書き付けを見ていた。ふつつかな仮名文字で書いてはあるが、条理がよく整っていて、大人でもこれだけの短文に、これだけの事柄を書くのは、容易であるまいと思われるほどである。大人が書かせたのではあるまいかという念が、ふと兆した。続いて、上《かみ》を偽る横着物の所為ではないかと思議した。それから一応の処置を考えた。太郎兵衛は明日の夕方まで曝すことになっている。刑を執行するまでには、まだ時がある。それまでに願い書を受理しようとも、すまいとも、同役に相談し、上役に伺うこともできる。またよしやその間に情偽[24]があるとしても、相当の手続きをさせるうちには、それを探ることもできよう。とにかく子供を帰そうと、佐佐は考えた。

そこで与力にはこう言った。この願い書は内見したが、これは奉行に出されぬから、持って帰って町年寄《まちどしより》[25]に出せと言えと言った。

与力は、門番が帰そうとしたが、どうしても帰らなかったということを、佐佐に言った。佐佐は、そんなら菓子でも遣《や》って、賺《すか》して帰せ、それでも聴かぬなら引き立てて帰せと命じた。

与力の座を立った跡へ、城代[26]太田備中守資晴《おおたびっちゅうのかみすけはる》が訪ねてきた。正式の見回りではなく、私の用事があって来たのである。太田の用事が済むと、佐佐はただいまかようかようのことがあったと告げて、自分の考えを述べ、指図を請うた。

太田は別に思案もないので、佐佐に同意して、午過ぎに東町奉行稲垣をも出席させて、町年寄五人に桂屋太郎兵衛が子供を召し連れて出させることにした。情偽があろうかという、佐佐の懸念ももっともだと言うので、[27]白洲《しらす》へは[28]責め道具を並べさせることにした。これは子供を脅して実を吐かせようという手段である。

ちょうどこの相談が済んだところへ、前の与力が出て、入り口に控えて気色を伺った。

24 **情偽**　真実と偽り。 25 **町年寄**　町役人。町奉行の下で、町内の命令の伝達、収税などに当たった。 26 **太田備中守資晴**　大坂城代。一六九五―一七四〇年。 27 **白洲**　奉行所で取り調べを行う場所。法廷。玉砂利が敷き詰めてあるので、こう呼ばれた。 28 **責め道具**　拷問に用いる道具。

「どうじゃ、子供は帰ったか。」と、佐佐が声を掛けた。

「御意でござりまする。お菓子を遣わしまして帰そうと致しましたが、いちと申す娘がどうしても聴きませぬ。とうとう願い書を懐へ押し込みまして、引き立てて帰しました。妹娘はしくしく泣きましたが、いちは泣かずに帰りました。」

「よほど情の剛《こわ》い娘と見えますな。」と、太田が佐佐を顧みて言った。

十一月二十四日の未《ひつじ》[29]の下刻である。西町奉行所の白洲ははればれしい光景を呈している。書院[30]には両奉行が列座する。奥まったところには別席を設けて、表向きの出座ではないが、城代が取り調べの模様をよそながら見にきている。縁側には取り調べを命ぜられた与力が、書き役[31]を従えて着座する。

同心[32]らが三道具《みつどうぐ》[33]を衝《つ》き立てて、厳《いか》めしく警固している庭に、拷問に用いる、あらゆる道具が並べられた。そこへ桂屋太郎兵衛の女房と五人の子供とを連れて、町年寄五人が来た。

尋問は女房から始められた。しかし名を問われ、年を問われた時に、かつがつ返事をしたばかりで、その外のことは問われても、「いっこうに存じませぬ。」、「恐れ入りました。」と言うより外、何一つ申し立てない。

次に長女いちが調べられた。当年十六歳にしては、少し幼く見える、痩せ肉《じし》の小娘である。しかしこれは些《ちと》の臆する気色もなしに、一部始終の陳述をした。祖母の話を物陰から聞いたこと、夜になって床に入《い》ってから、出願を思い立ったこと、妹まつに打ち明けて勧誘したこと、自分で願い書を書いたこと、長太郎が目を覚ましたので同行を許し、奉行所の町名を聞いてから、案内をさせたこと、奉行所に来て門番と応対し、次いで詰め衆の与力に願い書の取り次ぎを頼んだこと、与力らに強要せられて帰ったこと、およそ前日来経歴したことを問われるままに、はっきり答えた。

「それではまつの外には誰にも相談はいたさぬのじゃな。」と、取り調べ役が問うた。

「誰にも申しません。長太郎にも詳しいことは申しません。お父っさんを助けていただくように、お願いしにいくと申しただけでございます。お役所から帰りまして、年

29 **未の下刻**　午後三時頃。30 **書院**　書院造りにした座敷。書院造りは武家住宅の様式で、床の間、違い棚などがしつらえられていた。31 **書き役**　書記。32 **同心**　町方同心。与力の配下に属し、種々の事務を分担した。33 **三道具**　罪人を捕らえるための道具。突く棒、刺す股《また》、袖搦《そでがら》み。

寄衆のお目に掛かりました時、わたくしども四人の命を差し上げて、父をお助け下さるように願うのだと申しましたら、長太郎が、それでは自分も命が差し上げたいと申して、とうとうわたくしに自分だけのお願い書を書かせて、持ってまいりました。」

いちがこう申し立てると、長太郎が懐から書き付けを出した。

取り調べ役の指図で、同心が一人長太郎の手から書き付けを受け取って、縁側に出した。

取り調べ役はそれを開いて、いちの願い書と引き比べた。いちの願い書は町年寄の手から、取り調べの始まる前に、出させてあったのである。

長太郎の願い書には、自分も姉や姉弟《きょうだい》といっしょに、父の身代わりになって死にたいと、前の願い書と同じ手跡で書いてあった。

取り調べ役は「まつ。」と呼びかけた。しかしまつは呼ばれたのに気が付かなかった。いちが「お呼びになったのだよ。」と言った時、まつは初めておそるおそる項垂《うなだ》れていた頭《こうべ》を挙げて、縁側の上の役人を見た。

「お前は姉といっしょに死にたいのだな。」と、取り調べ役が問うた。

まつは「はい。」と言って頷《うなず》いた。

次に取り調べ役は「長太郎。」と呼び掛けた。

長太郎はすぐに「はい。」と言った。

「お前は書き付けに書いてある通りに、兄弟いっしょに死にたいのじゃな。」

「みんな死にますのに、わたしが一人生きていたくはありません。」と、長太郎ははっきり答えた。

「とく。」と取り調べ役が呼んだ。とくは姉や兄が順序に呼ばれたので、今度は自分が呼ばれたのだと気が付いた。そしてただ目を睜って役人の顔を仰ぎ見た。

「お前も死んでもいいのか。」

とくは黙って顔を見ているうちに、唇に血色が亡くなって、目に涙がいっぱい溜《た》まってきた。

「初五郎。」と取り調べ役が呼んだ。

ようよう六歳になる末子《ばっし》の初五郎は、これも黙って役人の顔を見たが、「お前はどうじゃ、死ぬるのか。」と問われて、活潑《かっぱつ》にかぶりを振った。書院の人々は覚えず、それを見て微笑《ほほえ》んだ。

この時佐佐が書院の敷居際まで進み出て、「いち。」と呼んだ。

「はい。」

「お前の申し立てには嘘《うそ》はあるまいな。もし少しでも申したことに間違いがあって、人に教えられたり、相談をしたりしたのなら、今すぐに申せ。隠して申さぬと、そこに並べてある道具で、誠のことを申すまで責めさせるぞ。」佐佐は責め道具のある方角を指さした。

いちは指された方角を一目見て、少しもたゆたわずに、「いえ、申したことに間違いはございません。」と言い放った。その目は冷ややかで、その言葉は静かであった。

「そんなら今一つお前に聞くが、身代わりをお聞き届けになると、お前たちはすぐに殺されるぞよ。父の顔を見ることはできぬが、それでもいいか。」

「よろしゅうございます。」と、同じような、冷ややかな調子で答えたが、少し間を置いて、何か心に浮かんだらしく、「お上のことには間違いはございますまいから。」と言い足した。

佐佐の顔には、不意打ちに遭ったような、驚愕《きようがく》の色が見えたが、それはすぐに消えて、険しくなった目が、いちの面に注がれた。憎悪を帯びた驚異の目とでも言おうか。しかし佐佐は何も言わなかった。

次いで佐佐は何やら取り調べ役にささやいたが、間もなく取り調べ役が町年寄に、「御用が済んだから、引き取れ。」と言い渡した。

白洲を下がる子供らを見送って、佐佐は太田と稲垣とに向いて、「生い先の恐ろしいものでござりますな。」と言った。心のうちには、哀れな孝行娘の影も残らず、人に教唆《きようさ》せられた、おろかな子供の影も残らず、ただ氷のように冷ややかに、刃のように鋭い、いちの最後の言葉の最後の一句が反響しているのである。元文頃の徳川家の役人は、もとより「マルチリウム」[34]という洋語も知らず、また当時の辞書には献身という訳語もなかったので、人間の精神に、老若男女の別なく、罪人太郎兵衛の娘に現れたような作用があることを、知らなかったのは無理もない。しかし献身のうちに潜む反抗の鋒《ほこさき》は、いちと言葉を交えた佐佐のみではなく、書院にいた役人一同の胸をも刺した。

34 マルチリウム　殉教。献身。［ラテン語］martyrium

城代も両奉行もいちを「変な小娘だ。」と感じて、その感じにはものでも憑《つ》いているのではないかという迷信さえ加わったので、孝女に対する同情は薄かったが、当時の行政司法の、元始的な機関が自然に活動して、いちの願意は期せずして貫徹した。桂屋太郎兵衛の刑の執行は、「江戸へ伺い中日延べ。」ということになった。これは取り調べのあった翌日、十一月二十五日に町年寄に達せられた。次いで元文四年三月二日に、「京都において大嘗会《だいじょうえ》[35]御執行相成り候《そうら》ひてより日限も相立たざる儀に付き、太郎兵衛こと、死罪御赦免仰《い》せ出だされ、大坂北・南組、天満《てんま》の三口御構ひ[36]の上追放。」ということになった。桂屋の家族は、再び西奉行所に呼び出されて、父に別れを告げることができた。大嘗会というのは、貞享《じょうきょう》[37]四年に東山天皇[38]の盛儀があってから、桂屋太郎兵衛のことを書いた高札の立った元文三年十一月二十三日の直前、同じ月の十九日に、五十一年目に、桜町天皇[39]が挙行したまうまで、中絶していたのである。

35 **大嘗会**　大嘗祭。天皇即位後の儀式で、天皇みずから新穀を神々にささげ、食し、臣下に賜る。桜町天皇の「大嘗会」は、太郎兵衛赦免の三年前のことだった。 36 **御構ひ**　追放刑を受けた者が、特定の場所に住居することを禁じられること。ここでは、「大阪北・南組、天満」がそれにあたる。 37 **貞享四年**　一六八七年。 38 **東山天皇**　第一一三代天皇。在位、一六八七―一七〇九年。 39 **桜町天皇**　第一一五代天皇。在位、一七三五―一七四七年。

文《ふみ》づかひ

発表——一八九一（明治二四）年
高校国語教科書初出——二〇〇四年（平成一六）年

旺文社『高等学校現代文』

[1]それがしの宮の催したまひし[2]星が岡茶寮の[3]独逸会《ドイツ》に、洋行がへりの将校次を追うて身の上ばなしせし時のことなりしが、こよひはおん身が物語聞くべきはずなり、殿下も待ちかねておはすればと促されて、まだ大尉になりてほどもあらじと見ゆる小林といふ少年士官、口に啣《くは》へし巻き烟草《たばこ》取りて火鉢の中へ灰振り落として語りは始めぬ。

わが[4]ザックセン軍団につけられて、秋の演習にゆきし折、[5]ラアゲヰツツ村の辺にて、対抗はすでに果てて[6]仮設敵を攻むべき日とはなりぬ。小高き丘の上に、まばらに兵を配りて、敵と定めおき、地形の波面《なみづら》、木立ち、田舎家などを巧みに盾に取りて、四方《よも》より攻め寄するさま、めづらしき壮観なりければ、近郷の民ここかしこに群れをな

1 **それがしの宮**　たとえば、小松宮彰仁《こまつのみやあきひと》親王（「独逸《ドイツ》日記」明治二〇年五月三一日条）のような、鷗外と同じ頃ドイツ留学をしていた皇族を指す。　2 **星が岡茶寮**　東京都千代田区永田町にあった料亭。　3 **独逸会**　ドイツ留学をした将校の懇親会。　4 **ザックセン**　ドイツの一王国。ザクセン。Sachsen　5 **ラアゲヰツツ村**　ライプチヒ市東北方、ムルデ川を中心にしたザクセン平野の村。Ragewitz　6 **仮設敵**　少数の兵に敵の標旗を持たせて配置を示し、演習の対象とするもの。

し、中に交じりたる少女《をとめ》らが黒天鵝絨《びろうど》の胸当《ミイデル》て晴れがましう、小皿伏せたるやうなる縁狭き笠《かさ》に草花挿したるもをかしと、携へし目がね忙《せ》はしくかなたこなたを見廻《みめぐ》らすほどに、向かひの岡なる一群れきは立てゆかしう覚えぬ。

九月はじめの秋の空は、けふしもここに稀《まれ》なるあゐ色になりて、空気透き徹りたれば、残る隈《くま》なくあざやかに見ゆるこの群れの真中《まなか》に、馬車一両停めさせて、年若き貴婦人いくたりか乗りたれば、さまざまの衣の色相映じて、花一叢《そう》、にしき一団、目もあやに、立ちたる人の腰帯《シエルペ》、座りたる人の帽の紐《ひも》などを、風ひらひらと吹き靡《なび》かしたり。その傍らに馬立てたる白髪の翁《おきな》は角扣紐《つのボタン》どめにせし緑の猟人服《かりうど》に、うすき褐《かち》いろの帽を戴《いただ》けるのみなれど、何となく由ありげに見ゆ。すこし引き下がりて白き駒控へたる少女、わが目がねはしばしこれに留《とど》まりぬ。鋼鉄《はがね》いろの馬のり衣裾長に着て、白き薄絹巻きたる黒帽子を被《かぶ》りたる身の構へけだかく、今かなたの森陰より、むらむらと打ち出でたる猟兵[7]の勇ましさ見むとて、人々騒げどかへりみぬさま心憎し。「殊なるかたに心留めたまふものかな。」といひて軽く我が肩を拍《う》ちし長き八字髭《ひげ》の明色なる少年士官は、おなじ大隊の本部につけられたる中尉にて、男爵フォン・メエルハイムといふ人なり。「かしこなるは我が知れるデウベン[8]の城のぬしビュロオ伯が一族なり。本部のこよひの宿はかの城と定まりたれば、君も人々に交[9]はりたまふたつきあらむ。」と言ひ終はる時、猟兵やうやうわが左翼に迫るを見て、メエルハイムは駆け去りぬ。この人と我が交はりそめしは、まだ久しからぬほどなれど、善き性《さが》とおもはれぬ。

寄せ手丘の下まで進みて、けふの演習をはり、例の審判も果つるほどに、われはメエルハイムとともに大隊長の後につきて、こよひの宿へいそぎゆくに、中高に造りし[10]「シヨツセエ」道美しく切り株残れる麦畑の間をうねりて、をりをり水音の耳に入るは、木立ちの彼方《あなた》を流るる[11]ムルデ河に近づきたるなるべし。大隊長は四十の上を三つ四つも越えたらむとおもはるる人にて、髪はまだふかき褐いろを失はねど、その赤き面を見れば、はや額の波いちじるし。質朴なれば言葉すくなきに、二言三言めには、「われ一個人にとりては。」とことわる癖あり。にはかにメエルハイムのかたへ向きて、「君がいひなづけの妻の待ちてやあるらむ。」といひぬ。「許したまへ、少佐の君。わ

7 猟兵　迅速な行動を目的とした軽武装の兵。　8 デウベン　ライプチヒ市東北約二〇マイル。Düben　9 交わりたまふたつきあらむ　おつきあいになる便宜がおありでしょう。　10 シヨツセエ　舗装した街道。［フランス語］chaussée　11 ムルデ河　ザクセン州南部の山地から出て北流し、エルベ川に合流する川。Mulde

れにはまだ結髪《いひなづけ》[12]の妻といふものなし。」「さなりや。我が言をあしう思ひとりたまふな。イイダの君を、われ一個人にとりてはかくおもひぬ。」かく二人の物語する間に、道はデウベン城の前にいでぬ。園をかこめる低き鉄柵をみぎひだりに結ひし真砂路《まさごぢ》一線に長く、その果つるところに旧《ふ》りたる石門あり。入りて見れば、しろ木槿《もくげ》[13]の花咲きみだれたる奥に、白堊《しらつち》塗りたる瓦葺《かはらぶ》きの高どのあり。その南のかたに高き石の塔あるは埃及《エヂプト》の尖塔《ピラミイド》にならひて造れりと覚ゆ。けふの泊まりのことを知りて出迎へし「リフレエ」[14]着たる僕に引かれて、白石《はくせき》の階《きざはし》のぼりゆくとき、園の木立ちを漏るゆふ日朱のごとく赤く、階の両側《ふたがは》に蹲《うづくま》りたる人首獅《し》身《しん》の「スフインクス」[15]を照らしたり。わがはじめて入る独逸貴族の城のさまいかならむ。さきに遠く望みし馬上の美人はいかなる人にか。これらも皆解きあへぬ謎なるべし。

四方の壁と円天井とには、鬼神竜蛇《きじんりようだ》さまざまの形を描き、「トルウヘ」[16]といふ長櫃《ながびつ》めきたるものをところどころに据ゑ、柱には刻みたる獣の首《かうべ》、古代の盾、[17]打ち物などを懸けつらねたる間、いくつか過ぎて、楼上に引かれぬ。

ビユロオ伯は常の服とおぼしき黒の上衣のいと寛《ひろ》きに着替へて、伯爵夫人とともにここに居り、かねて相知れる仲なれば、大隊長と心よげに握手し、われをも引き合はさせて、胸の底より出づるやうなる声にてみづから名乗り、メエルハイムには「よくぞ来たまひし。」と軽く会釈しぬ。夫人は伯よりおいたりと見ゆるほどに立ち居重けれど、こころの優しさ目《まみ》の色に出《い》でたり。メエルハイムを傍らへ呼びて、何やらむしばしささやくほどに、伯。「けふの疲れさぞあらむ。まかりて憩ひたまへ。」と人して部屋へ誘《いざな》はせぬ。

われとメエルハイムとは一つ部屋にて東向きなり。ムルデの河波は窓の直下のいしずゑを洗ひて、むかひの岸の草むらは緑まだあせず。そのうしろなる柏《かしは》の林にゆふ靄《もや》かかれり。流れ右手《めて》の方にて折れ、こなたの陸《くが》膝がしらのごとく出でたるところの田舎家二、三軒ありて、真黒なる粉ひき車の輪中空に聳《そび》え、左手《ゆんで》には水に臨みてつき出したる高殿の一間あり。この「バルコン」[18]めきたるところの窓、打ち見るほどに開き

12 結髪　はじめて髪を上げて結った若い男女。ここは、「いいなずけ」の意で用いている。13 木槿　アオイ科の落葉低木。晩夏から秋にかけて、紅紫色または白色の花を咲かせる。ムクゲ。14 リフレエ　王や領主がお供に着せたそろいの仕着せ。［フランス語］livrée　15 スフィンクス　エジプト神話やギリシア神話などに登場する、ライオンの身体と人間の顔を持った怪物。エジプトのカイロ郊外のピラミッドのそばにある。16 トルウヘ　長持ち。トランク。［ドイツ語］Truhe　17 打ち物　刀、槍《やり》などの武器。18 バルコン　バルコニー、露台。［ドイツ語］Balkon

て、少女のかしら三つ四つ、をり畳なりてこなたを覗《のぞ》きしが、白き馬に乗りたりし人はあらざりき。軍服ぬぎて[19]盥卓《たらひづくゑ》の傍らへ寄らむとせしメエルハイムは、「かしこは若き婦人がたの居間なり、無礼《なめ》なれどその窓の戸疾《と》くさしてよ。」とわれに請ひぬ。

日暮れて食堂に招かれ、メエルハイムとともにゆくをり、「この家に若き姫たちの多きことよ。」と問ひつるに、「もと六《む》人《たり》ありしが、一人は我が友なるフアブリイス伯に嫁ぎて、のこれるは五人《いつたり》なり。」「フアブリイスとは国務大臣の家ならずや。」「さなり、大臣の夫人はここのあるじの姉にて、我が友といふは大臣のよつぎの子なり。」

食卓に就きてみれば、五人の姫たちみなおもひおもひの粧ひしたる、その[20]美しさいづれはあらぬに、上の一人の上衣《うはぎ》も裳《も》も黒きを着たるさま、めづらしと見れば、これなんさきに白き馬に乗りたりし人なりける。外の姫たちは日本人めづらしく、伯爵夫人のわが軍服褒めたまふ言葉の尾につきて、「黒き地に黒き紐つきたれば、[21]ブラウンシユワイヒの士官に似たり。」と一人いへば、桃色の顔したる末の姫、「さにてもなし。」と[22]まだいわけなくもいやしむいろえ包までいふに、皆をかしさに堪へねば、あかめし顔を汁《ソツプ》盛れる皿の上に垂れぬれど、黒き衣の姫は睫《まつげ》だに動さざりき。しばしありて幼き姫、さきの罪購《あがな》はむとやおもひけむ、「されどかの君の軍服は上も下もくろければイイダや好みたまはむ。」といふを聞きて、黒き衣の姫振り向きて睨《にら》みぬ。この目は常にをち方にのみ迷ふやうなれど、一たび人の面に向かひては、言葉にも増して心をあらはせり。いま睨みしさまは笑みを帯びて叱りきと覚ゆ。われはこの末の姫の言葉にて知りぬ、さきに大隊長がメエルハイムのいひなづけの妻ならむといひしイイダの君とは、この人のことなるを。かく心づきてみれば、メエルハイムが言葉も振る舞ひも、この君をうやまひ愛《め》づと見えぬはなし。さてはこの仲はビュロオ伯夫婦もこころに許したまふなるべし。イイダといふ姫は丈高く痩せ肉《じし》にて、五人の若き貴婦人のうち、この君のみ髪黒し。かの善くものいふ目をよそにしては、外の姫たちに立ちこえて美しとおもふところもなく、眉の間にはいつも皺《しわ》少しあり。面のいろの蒼《あを》う見ゆるは、黒き衣のためにや。

食終はりてつぎの間にいづれば、ここはちひさき座敷めきたるところにて、軟らかき椅子、「ゾフア」[23]などの脚きはめて短きをおほく据ゑたり。ここにて珈琲《カツフエエ》の饗応《もてなし》あ

19 盥卓 手洗いの鉢。 20 美しさいづれはあらぬに 誰がということなく皆美しいが。 21 ブラウンシユワイヒ ヴエーゼル川流域に位置する自由州。Braunschweig 22 まだいわけなくもいやしむいろゑ包までいふに いかにもまだ幼い人らしく、軽蔑の表情を隠せないで言うと。 23 ゾフア ソファー。［ドイツ語］Sofa

り。給仕のをとこ小杯に焼酎《せうちう》のたぐひいくつか注《つ》いだるを持てく。あるじの外には誰《たれ》も取らず、ただ大隊長のみは、「われ一個人にとりては『シャルトリヨオズ』[24]をこそ。」とて一息に飲みぬ。この時わが立ちし背のほの暗きかたにて、「一個人、一個人。」とあやしき声して呼ぶものあるに、おどろきて顧みれば、この間の隅にはおほいなる針がねの籠《かご》ありて、そが中なる鸚鵡《あうむ》、かねて聞きしことある大隊長の言葉をまねびしなりけり。姫たち、「あな生憎《あいにく》の鳥や。」とつぶやけば、大隊長もみづからこわ高に笑ひぬ。

主人《あるじ》は大隊長と巻き烟草喫《の》みて、銃猟の話せばやと、小部屋《カビネット》のかたへゆくほどに、われはさきよりこなたを打ち守りて、珍しき日本人にものいひたげなる末の姫に向かひて、「このさかしき鳥はおん身のにや。」とゑみつつ問へば、「否、誰のとも定まらねど、われも愛でたきものにこそ思ひ侍《はべ》れ。さいつ頃までは、鳩《はと》あまた飼ひしが、あまりに慣れて、身に纏《まつ》はるものをばイイダ[25]いたく嫌へば、皆人に取らせつ。この鸚鵡のみは、いかにしてかあの姫君を憎めるがこぼれ幸《ざいは》ひにて、今も飼はれ侍り。さならずや。」と鸚鵡のかたへ首さしいだしていふに、姉君憎むてふ鳥は、まがりたる嘴《はし》を開きて、「さならずや、さならずや。」と繰り返しぬ。

この隙《ひま》にメエルハイムはイイダ姫の傍らに居寄りて、なにごとをかこひ求むれど、渋りてうけひかざりしに、伯爵夫人も言葉を添へたまふと見えしが、姫つと立ちて「ピヤノ」にむかひぬ。僕いそがはしく燭《しょく》をみぎひだりに立つれば、メエルハイムは「いづれの譜をかまゐらすべき。」と楽器のかたはらなる小机にあゆみ寄らむとせしに、イイダ姫「否、譜なくても。」とて、おもむろに下す指先木端《タステン》[26]に触れて起こすや金石[27]の響き。しらべ繁《しげ》くなりまさるにつれて、あさ霞《がすみ》のごときいろ、姫が瞼際《けんさい》[28]に現れ来つ。ゆるらかに幾尺[29]の水晶の念珠[30]を引くときは、ムルデの河もしばし流れをとどむべく、たちまち迫りて刀槍斉《たうさうひと》[31]しく鳴るときは、むかし行旅を脅かしこの城の遠祖《とほつおや》も百年《ももとせ》の夢を破られやせむ。あはれ、この少女のこころは常に狭き胸の内に閉ぢられて、言葉となりてあらはるる便《たつき》なければ、その繊々たる指先よりほとばしり出づるにやあらむ。ただ覚ゆ、糸声の波はこのデウベン城をただよはせて、人もわれも浮きつ沈みつ流れ

24 **シャルトリヨオズ** アルプス産の芳香植物を材料としたリキュール酒。［フランス語］chartreuse　25 **こぼれ幸ひ** 偶然の幸い。僥倖《ぎょうこう》。　26 **木端** 鍵盤。［ドイツ語］Taste　フリガナにあるのは Tasten で、その複数形。　27 **金石の響き** 金石を打つような美しい冴《さ》えた響き。　28 **瞼際** 頰のあたり。　29 **尺** 長さの単位。一尺は、約三〇センチメートル。　30 **念珠を引く**「念珠」は数珠。美しく澄んだ音が続くさまのたとえ。　31 **刀槍斉しく鳴る** 刀と槍とが一時に鳴り響くような鋭い音色。

ゆくを。曲まさに闌《たけなは》になりて、この楽器のうちに潜みしさまざまの絃《いと》の鬼、ひとりびとりに窮みなき怨《うら》みを訴へをはりて、いまや[32]諸声《もろごゑ》たてて泣き響《とよ》むやうなるとき、訝《いぶか》しや、城外に笛の音起こりて、たどたどしうも姫が「ピヤノ」にあはせむとす。[33]弾じほれたるイイダ姫は、しばらく心付かでありしが、かの笛の音ふと耳に入りぬと覚しく遽《にはか》にしらべを乱りて、楽器の筐《はこ》も砕くるやうなる音をせさせ、座を立ちたる面は、常より蒼かりき。姫たち顔見合はせて、「また[34]欠唇《いぐち》の[35]をこなる業《わざ》しけるよ。」とささやくほどに、外《と》なる笛の音絶えぬ。

主人の伯は小部屋より出でて、「ものくるほしき、イイダが当座の曲は、いつものことにて珍しからねど、君はさこそ驚きたまひけめ。」とわれに会釈しぬ。絶えしものの音わが耳にはなほ聞こえて、うつつごころならず部屋へ帰りしが、こよひ見聞きしことに心奪はれていもねられず。床をならべしメエルハイムを見れば、これもまだ覚めたり。[36]問はまほしきことはさはなれど、さすがに憚《はばか》るところなきにあらねば、「さきの怪しき笛の音は誰が出だししか知りてやおはする。」とわづかにいふに、男爵こなたに向きて、「それにつきては一条《ひとくだり》の物語あり、われもこよひは何ゆゑか寐《いね》られねば、起きて語り聞かせむ。」と諾《うべな》ひぬ。

われらはまだ煖《ぬく》まらぬ臥床《とこ》を降りて、までの下なる小机に[37]いむかひ、烟草燻《くゆ》らするほどに、さきの笛の音、また窓の外におこりて、たちまち断えたちまち続き、[38]ひな鶯《うぐひす》のこころみに鳴くごとし。メエルハイムは[39]謦咳《しはぶき》して語りいでぬ。

「十年《ととせ》ばかり前のことなるべし、ここより遠からぬ[40]ブリヨオゼンといふ村にあはれなる孤《みなしご》ありけり。六つ七つのとき流行《はやり》の[41]時疫にふた親みななくなりしに、欠脣にていと醜かりければ、かへりみるものなく[42]ほとほと飢ゑに迫りしが、ある日麪包《パン》の乾きたるやあると、この城へもとめに来ぬ。その頃イイダの君はとをばかりなりしが、あはれがりて物とらせつ。玩《もてあそ》びの笛ありしを与へて、『これ吹いてみよ。』といへど、欠脣なればえ銜《ふく》まず。イイダの君、『あの見ぐるしき口なほして得させよ。』とむつかりて止《や》まず。母なる夫人聞きて、幼きものの心やさしういふなればとて医師《くすし》して縫はせたまひぬ。」

32 **諸声**　いっしょに出す声。　33 **弾じほれたる**　夢中に弾いている。　34 **欠脣**　生まれつき上唇の裂けた口。みつくち。　35 **をこなる**　愚かな。　36 **問はまほしきことはさはなれど**　聞きたいことはたくさんあるが。　37 **いむかひ**　向かって。「い」は接頭語。　38 **ひな鶯のこころみに鳴くごとし**　幼い鶯がためしに鳴くようなものだ。とぎれとぎれであることの比喩《ひゆ》。　39 **謦咳**　せきばらい。　40 **ブリヨオゼン**　ザクセン平野の村。Brösen　41 **時疫**　流行病。　42 **ほとほと**　ほとんど。すんでのことで。

「その時よりかの童は城にとどまりて、羊飼ひとなりしが、賜りし玩びの笛を離さず、後にはみづから木を削りて笛を作り、ひたすら吹きならふほどに、誰教ふるものなけれど、自然にかかる音色を出だすやうになりぬ。」

「一昨年《をととし》の夏わが休暇たまはりてここに来たりし頃、城の一族とほ乗りせむと出でしが、イイダの君が白き駒すぐれて疾《と》く、われのみ継きゆくをり、狭き道のまがり角にて、枯れ草うづ高く積める荷車に遭ひぬ。馬はおびえて一躍し、姫は辛うじて鞍《くら》にこらへたり。わがすくひにゆかむとするを待たで、傍《かたへ》なる高草の裏にあと叫ぶ声すと聞く間に、羊飼ひの童飛ぶごとくに馳《は》せ寄り、姫が馬の轡《くつわ》ぎはしかと握りておし鎮めぬ。この童が牧場のいとまだにあれば、見えがくれにわが跡慕ふを、姫これより知りて、人して[43]ものかづけなどはしたまひしが、いかなる故にか、目通りを許されず、童も姫がたまたま会ひても、言葉かけたまはぬにて、おのれを嫌ひたまふと知り、はてはみづから避くるやうになりしが、いまも[44]遠きわたりより守《も》ることを忘れず、好みて姫が住める部屋の窓の下《もと》に小《を》舟《ぶね》繋《つな》ぎて、夜も枯れ草の裡《うち》に眠れり。」

聞き終はりて眠りに就くころは、ひがし窓の硝子《ガラス》はやほの暗うなりて、笛の音も断えたりしが、この夜イイダ姫おも影に見えぬ。その乗りたる馬のみるみる黒くなるを、怪しとおもひてよく見れば、人の面にて欠脣なり。されど夢ごころには、姫がこれに騎《の》りたるを、よのつねのことのやうに覚えて、しばしまた眺めたるに、姫とおもひしは「スフィンクス」の首にて、瞳なき目なかば開きたり。馬と見しは前足おとなしく並べたる獅子なり。さてこの「スフィンクス」の頭の上には、鸚鵡止まりて、わが面を見て笑ふさまいと憎し。

　つとめて[45]起き、窓おしあくれば、朝日の光向かう岸の林を染め、微風《そよかぜ》はムルデの河づらに細紋をゑがき、水に近き草原には、ひと群れの羊あり。萌黄《もえぎ》色の「キッテル[46]」といふ衣短く、黒き臑《すね》をあらはしたる童、身の丈きはめて低きが、おどろなす赤髪ふり乱して、手に持ちたる鞭《むち》面白げに鳴らしぬ。

　この日は朝《あした》の珈琲《カツフエエ》を部屋にて飲み、午頃《ひるごろ》大隊長とともにグリンマ[47]といふところの銃猟仲間の会堂にゆきて演習見に来たまひぬる国王の宴にあづかるべきはずなれば、正服着て待つほどに、あるじの伯は馬車を貸して階の上まで見送りぬ。われは外国士

43 ものかづけ　「かづく」は、慰労・褒賞として目下の者に物を与えること。　44 遠きわたり　「わたり」は辺りの意。　45 つとめて　その翌朝。　46 キッテル　子供や労働者などが着る上っ張り。[ドイツ語] Kittel　47 グリンマ　ライプチヒの東南約三〇キロの町。ムルデ川に臨む。Grimma

官といふをもて、将官、佐官をのみつどふるけふの会に招かれしが、メエルハイムは城に残りき。田舎なれど会堂おもひの外に美しく、食卓の器は王宮よりはこび来ぬとて、純銀の皿、マイセン[48]焼きの陶物《すゑもの》などあり。この国のやき物は東洋のを粉本[49]にしつといへど、染めいだしたる草花などの色は、我が国などのものに似もやらず。されど[50]ドレスデンの宮には、陶物の間といふありて、支那《しな》日本の花瓶《はながめ》の類ひおほかた備はれりとぞいふなる。国王陛下[51]にはいま初めて謁見す。すがた貌《かたち》やさしき白髪の翁にて、[52]ダンテの『神曲《ヂヰナ・コメヂア》』訳したまひきといふヨハン王[53]のおん裔《すゑ》なればにや、応接いと巧みにて、「わがザツクセンに日本の公使置かれむをりは、いまの好《よしみ》にて、おん身の来むを待たむ。」など懇《ねもご》ろに聞こえさせたまふ。わが国にては旧《ふる》き好ある人をとて、御使ひ選ばるるやうなる例《ためし》なく、かかる任に当たるには、別に履歴なうては叶《かな》はぬことを、知ろしめさぬなるべし。ここにつどへる将校百三十余人の中にて、騎兵の服着たる老将官の貌《かたち》きはめて魁偉《くわいゐ》なるは、国務大臣フアブリイス伯[54]なりき。

夕暮れに城にかへれば、少女らの笑ひさざめく声、石門の外《と》まで聞こゆ。車停《とど》むるところへ、はや慣れたる末の姫走り来て、「姉君たち『クロケツト[55]』の遊びしたまへば、おん身も仲間になりたまはずや。」とわれに勧めぬ。大隊長、「姫君の機嫌損じたまふな。われ一個人にとりては、衣脱ぎかへて憩ふべし。」といふをあとに聞きなして従ひ行くに、尖塔《ピラミイド》の下の園にて姫たちいま遊びの最中《もなか》なり。芝生のところどころに黒がねの弓伏せて植ゑおき、靴の先もて押さへたる五色の球を、小槌《こづち》振るひて横様に打ち、かの弓の下をくぐらするに、巧みなるは百に一つを失はねど、拙きはあやまちて足など撃ちぬとてあわてふためく。われも正剣[56]解いてこれに交り、打てども打てども、球あらぬ方へのみ飛ぶぞ本意《ほい》なき。姫たち声を併せて笑ふところへ、イイダ姫メエルハイムが肘に指先掛けてかへりしが、うち解けたりとおもふさまも見えず。

メエルハイムはわれに向かひて、「いかに、けふの宴おもしろかりしや。」と問ひかけて答へを待たず、「われをも組に入れたまへ。」と群れのかたへ歩みよりぬ。姫たち

---

48 **マイセン焼きの陶もの**　「マイセン（Meissen）」は、ドレスデンの北西二六キロ、エルベ川にまたがる都会。ヨーロッパ陶器の発祥地といわれる。　49 **粉本**　製作上の手本。　50 **ドレスデン**　ザクセン王国の首都。Dresden　エルベ川の谷間に位置する。　51 **国王陛下**　ザクセン王アルベルト。在位、一八七三―一九〇二年。　52 **ダンテの『神曲』**　一三世紀から一四世紀にかけての、イタリアの詩人ダンテ・アリギエーリの代表作。地獄篇《へん》、煉獄《れんごく》篇、天国篇の三部から成る。　53 **ヨハン王**　ザクセン王ヨハン・ネポムーク。在位、一八五四―七三年。学問的教養が深く、『神曲』のドイツ語訳を完成させた。　54 **ファブリイス伯**　ゲオルグ・フリードリヒ・アルフレッド。プロイセンとザクセンの連合を模索した。「今六八歳にて、朱顔白髪、容貌魁偉なり」（「独逸日記」明治一八年五月一二日）。　55 **クロケット**　球戯の一種。［英語］croquet　56 **正剣**　制服に帯びる剣。

は顔見あはせて打ち笑ひ、「あそびには早倦《う》みたり、姉ぎみとともにいづくへか行きたまひし。」と問へば、「見晴らしよき岩角わたりまでゆきしが、この尖塔《せんたふ》には若《し》かず、小林ぬしは明日わが隊とともに[57]ムツチエンのかたへ立ちたまふべければ、君たちの中にて一人塔の頂へ案内《あない》し、粉ひき車のあなたに、汽車の烟《けぶり》見ゆるところをも見せたまはずや。」といひぬ。

口疾きすゑの姫もまだ何とも答へぬ間に、「われこそ。」といひしは、おもひも掛けぬイイダ姫なり。ものおほくいはぬ人の習ひとて、にはかに出だしし言葉とともに、顔さと赤めしが、はや先に立ちて誘ふに、われは訝りつつも従ひ行きぬ。あとにては姫たちメエルハイムがめぐりに集まりて、「夕餉《ゆふげ》までにおもしろき話一つ聞かせたまへ。」と迫りたりき。

この塔は園に向きたるかたに、窪《くぼ》みたる階をつくりてその頂を平らかにしたれば、階段をのぼりおりする人も、頂に立ちたる人も下より明らかに見ゆべければ、イイダ姫が事もなくみづから案内せむといひしも、深く怪しむに足らず。姫はほとほと走るやうに塔の上り口にゆきて、こなたを顧みたれば、われも急ぎて追ひ付き、段の石をば先に立ちて踏みはじめぬ。ひと足遅れてのぼり来る姫の息迫りて苦しげなれば、あまたたび休みて、やうやう上にいたりて見るに、ここはおもひの外に広く、めぐりに低き鉄欄干をつくり、中央に大なる切り石一つ据ゑたり。

今やわれ下界を離れたるこの塔の頂にて、きのふラアゲヰツツの丘の上よりはるかに初対面せしときより、怪しくもこころを引かれて、いやしき物好きにもあらず、いろなる心にもあらねど、夢に見、現《うつつ》におもふ少女《をとめ》と差し向かひになりぬ。ここより望むべきザックセン平野のけしきはいかに美しくとも、茂れる林もあるべく、深き淵《ふち》もあるべしとおもはるるこの少女が心には、いかでか若かむ。

険しく高き石級をのぼり来て、顔にさしたる紅《くれなゐ》の色まだ褪《あ》せぬに、まばゆきほどなるゆふ日の光に照らされて、苦しき胸を鎮めむためにや、この頂の真ん中なる切り石に腰うち掛け、かの物いふ目の瞳をきとわが面に注ぎしときは、常は見ばえせざりし姫なれど、さきに珍しき空想の曲かなでし時にもまして美しきに、いかなればか、某《なにがし》の刻みし墓上の石像に似たりとおもはれぬ。

姫は言葉忙《せは》しく、「われ君が心を知りての願ひあり。かくいはばきのふはじめて相

---

57 ムツチエン　ザクセン平野の村。Mutzen

見て、言葉もまだかはさぬにいかでと怪しみたまはむ。されどわれはたやすく惑ふものにあらず。君演習済みてドレスデンにゆきたまはば、王宮にも招かれ国務大臣の館《たち》にも迎へられたまふべし。」といひかけ、衣の間より封じたる文《ふみ》を取り出でてわれに渡し、「これを人知れず大臣の夫人に届けたまへ、人知れず。」と頼みぬ。大臣の夫人はこの君の伯母御にあたりて、姉君さへかの家にゆきておはすといふに、初めて会へる[58]こと国人《くにびと》の助けを借らでものことなるべく、またこの城の人に知らせじとならば、ひそかに郵便に附してもよからむに、かく気をかねて希有《けう》なる振る舞ひしたまふを見れば、この姫こころ狂ひたるにはあらずやとおもはれぬ。されどこはただしばしのことなりき。姫の目は能《よ》くものいふのみにあらず、人のいはぬことをも能く聞きたりけむ、言ひ訳のやうに語を継ぎて、「ファブリイス伯爵夫人のわが伯母なることは、聞きてやおはさむ。わが姉もかしこにあれど、それにも知られぬを願ひて、君が御助《みたす》けを借らむとこそおもひ侍れ。ここの人への心づかひのみならば、郵便もあめれど、それすら独り出づること稀なる身には、叶ひがたきをおもひやりたまへ。」といふに、げに故あることならむとおもひて諾ひぬ。

入り日は城門近き木立ちより虹《にじ》のごとく漏りたるに、河霧たち添ひて、おぼろけになる頃塔を下れば、姫たちメエルハイムが話ききはててわれらを待ち受け、うち連れて新たにともし火をかがやかしたる食堂に入りぬ。こよひはイイダ姫きのふに変はりて、楽しげにもてなせば、メエルハイムが面にも喜びのいろ見えにき。

あくる朝ムッチエンのかたをこころざしてここを立ちぬ。

秋の演習はこれより五日ばかりにて終はり、わが隊はドレスデンにかへりしかば、われはゼエ・ストラアセ[59]なる館をたづねて、さきにフォン・ビュロオ伯が娘イイダ姫に誓ひしことを果たさむとせしが、もとよりところの習ひにては、冬になりて交際の時節来ぬ内、かかる貴人《あてびと》に会はむことたやすからず、隊付きの士官などの常の訪問といふは、玄関の傍《かたへ》なる一間に延《ひ》かれて、名簿に筆染むることなればおもふのみにて罷《や》みぬ。

その年も隊務いそがはしきうちに暮れて、エルベ河[60]上流の雪消《ゆきげ》にはちす葉のごとき氷塊、みどりの波にただよふとき、王宮の新年はなばなしく、足もと危なき蠟《らふ》磨きの

58 こと国人　異国の人。59 ゼエ・ストラアセ　ドレスデンを貫流するエルベ川南岸の旧市街（ドレスデンの中心地）にある。Seestraße 60 エルベ河　チェコ共和国に発し、ザクセン王国を北流してドレスデン市をつらぬき、ハンブルクで北海に注ぐ大河。Elbe

[61]寄せ木を踏み、国王のおん前近う進みて、正服うるはしき立ち姿を拝し、それよりふつか三日過ぎて、国務大臣フォン・ファブリイス伯の夜会に招かれ、墺太利《オースタリア》、[62]バワリア、北亜米利加《アメリカ》などの公使の挨拶終はりて、人々こほり菓子に匙《さじ》を下ろす隙《すき》を覗《うかが》ひ、伯爵夫人の傍らに歩み寄り、事のもと手短に述べて、首尾よくイイダ姫が文をわたしぬ。

一月中旬に入りて昇進任命などにあへる士官とともに、奥のおん目見えをゆるされ、正服着て宮に参り、人々と輪なりに一間に立ちて[63]臨御を待つほどに、[64]ゆがみよろぼひたる[65]式部官に案内《あない》せられて妃《きさき》出でたまひ、式部官に名をいはせて、ひとりびとり言葉を掛け、手袋はづしたる右の手の甲に接吻《せっぷん》せしめたまふ。妃は髪黒く丈低く、褐《かち》いろの御衣《おんぞ》あまり見映えせぬかはりには、声音《こわね》いとやさしく、「おん身は[66]仏蘭西《フランス》の役《えき》に功ありしそれがしが族《うから》なりや。」など懇ろにものしたまへば、いづれも嬉《うれ》しとおもふなるべし。したがひ来し式の女官は奥の入り口の閾《しきゐ》の上まで出で、右手《めて》に摺《たた》みたる扇を持ちたるままに直立したる、その姿いと気高く、[67]鴨居《かもゐ》柱を欄《わく》にしたる一面の画図に似たりけり。われは心ともなくその面を見しに、この女官はイイダ姫なりき。ここにはそもそもいかにして。

王都の中央にてエルベ河を横ぎる[68]鉄橋の上より望めば、[69]シュロス・ガツセに跨《また》りたる王宮の窓、こよひはことさらにひかりかがやきたり。われも数には漏れで、けふの舞踏会にまねかれたれば、[70]アウグスツスの広こうぢに余りて列をなしたる馬車の間をくぐり、いま玄関に横づけにせし一両より出でたる貴婦人、毛革の肩掛けを随身《ずゐじん》にわたして車箱《しやさう》の裡《うち》へかくさせ、美しくゆひ上げたるこがね色の髪と、まばゆきまで白き襟とを露《あらは》して、車の扉開きし剣佩《お》びたる[71]殿守《とのもり》をかへりみもせで入りし跡にて、その乗りたりし車はまだ動かず、次に待ちたる車もまだ寄せぬ間をはかり、槍《やり》取りて左右にならびたる[72]熊毛鏊《くまげかぶと》の[73]近衛《このゑ》卒《そつ》の前を過ぎ、赤き氈《かも》を一筋に敷きたる大理石の階をのぼりぬ。階の両側のところどころには、黄《き》羅《ら》紗《しや》にみどりと白との縁取りたる「リフレエ」

61 **寄せ木** 寄せ木細工の床。 62 **バワリア** ドイツ南部にあるバイエルン（Bayern）王国の英語名。Bavaria 63 **臨御** 国王のお出まし。 64 **ゆがみよろぼひたる** 体が曲がりよろけている。 65 **式部官** 宮廷の祭典・儀式などをつかさどる役人。 66 **仏蘭西の役** 一八七〇年に起こったフランスとプロイセン王国との戦争。普仏戦争。ドイツ諸邦もプロイセン側に立って参戦した。 67 **鴨居柱を欄にしたる一面の画図** 鴨居と柱とを縁にした一枚の絵画。 68 **鉄橋** アウグスツス橋か。 69 **シュロス・ガツセ** 城の前から南方に通ずる大通り。直訳すれば「城通り」。Schloßgaße 70 **アウグスツスの広こうぢ** アウグスツス通り。アウグスツス橋の南端のシュロッス広場から東南に通ずる大通り。Ausgstusstraße 71 **殿守** 宮廷守備の者。 72 **熊毛鏊** 熊の毛で作った軍帽。 73 **近衛卒** 宮廷守備の兵。

を着て、濃紫の袴《はかま》を穿《は》いたる男、項《うなじ》を屈めて瞬きもせず立ちたり。むかしはここに立つ人おのおの手燭《しゆしよく》持つ習ひなりしが、いま廊下、階段に瓦斯《ガス》灯用ゐることとなりて、それは罷《や》みぬ。階の上なる広間よりは、古風《いにしへぶり》を存ぜる弔《つ》り燭台の黄蠟《わうらふ》の火遠く光の波を漲《みなぎ》らせ、数知らぬ勲章、肩じるし、女服の飾りなどを射て、祖先よの油画の肖像の間に挟まれたる大鏡に照り返されたる、[74]いへば尋常《よのつね》なり。

　式部官が突く金総《きんぶさ》ついたる杖《つゑ》、[75]「パルケット」の板に触れてとうとうと鳴りひびけば、天鵝絨《びろうど》ばりの扉一時に音もなくさとあきて、広間のまなかに一条《ひとすぢ》の道おのづから開け、こよひ六百人と聞こえし客、みなくの字なりに身を曲げ、背の中ほどまでも截《き》りあけてみせたる貴婦人の項、金糸の縫ひ模様ある軍人の襟、また明色《ブロンド》の高髻《たかまげ》などの間を王族の一行過《よぎ》りたまふ。真っ先にはむかしながらの巻き毛の大仮髪《おほかづら》をかぶりたる[76]舎人《とねり》二人、ひきつづいて王妃両陛下、[77]ザツクセン－マイニンゲンのよつぎの君夫婦、[78]ワイマル、シヨオンベルヒの両公子、これにおもなる女官数人従へり。ザツクセン王宮の女官はみにくしといふ世の噂《うはさ》むなしからず、いづれも顔立ちよからぬに、人の世の春さへはや過ぎたるが多く、なかにはおい皺みて肋《あばら》一つ一つに数ふべき胸を、式なればえも隠さで出だしたるなどを、額越しにうち見るほどに、心待ちせしその人は来ずして、一行はや果てなむとす。そのときまだ年若き宮女一人、殿めきて[79]ゆたかに歩みくるを、それかあらぬかと打ち仰《あふ》げば、これなんわがイイダ姫なりける。

　王族広間の上のはてに行き着きたまひて、国々の公使、またはその夫人などこれを囲むとき、かねて高廊の上《へ》に控へたる狙撃連隊の楽人がひと声鳴らす鼓とともに「ポ[80]ロネエズ」といふ舞はじまりぬ。こはただおのおの右手《めて》にあひての婦人の指をつまみて、この間をひと周《めぐり》するなり。列のかしらは軍装したる国王、紅衣のマイニンゲン夫人を延《ひ》き、つづいて黄絹《くわうけん》の裙引《すそひ》き衣《ごろも》を召したる妃にならびしはマイニンゲンの公子なりき。わづかに五十対ばかりの列めぐりをはるとき、妃は冠のしるしつきたる椅子に倚《よ》りて、公使の夫人たちを側《そば》に居らせたまへば、国王向かひの座敷なる骨牌《かるた》机のかたへうつりたまひぬ。

74 **いへば尋常なり** 言葉で言えば平凡になってしまう。言葉では表せないほどすばらしい。75 **パルケットト** 寄せ木細工の床。［ドイツ語］Parkett 76 **舎人** 宮廷の雑用に奉仕する役。77 **ザツクセン-マイニンゲンのよつぎの君** ベルンハルト・フォン・ザクセン-マイニンゲン皇太子。一八五一年生まれ。78 **ワイマル、シヨオンベルヒ両公子** アレクサンダー・フォン・ヴァイマール（一八一八年生まれ）公子とクレメンス・シェーンベルク（一八二九年生まれ）公子。79 **殿めきて** 身分の高い様子で。80 **ポロネエズ** ポーランド特有の民族歌曲および舞踊。［フランス語］polonaise

この時まことの舞踏はじまりて、群客たちこめたる中央の狭きところを、いと巧みにめぐりありくを見れば、おほくは少年士官の宮女たちをあひ手にしたるなり。わがメエルハイムの見えぬはいかにとおもひしが、げに近衛ならぬ士官はおほむね招かれぬものをと悟りぬ。さてイイダ姫の舞ふさまいかにと、芝居にて贔屓《ひいき》の俳優《わざをぎ》みるこちして[81]うちまもりたるに、胸に[82]さうびの自然花を梢《こずゑ》のままに着けたるほかに、飾りといふべきもの一つもあらぬ水色ぎぬの裳裾《もすそ》、狭き間をくぐりながら撓《たわ》まぬ輪を描きて、[83]金剛石の露飜《こぼ》るるあだし貴人の服のおもげなるを欺きぬ。

時遷《うつ》るにつれて黄蠟の火は次第に炭の気におかされて暗うなり、[84]燭涙《しよくるゐ》ながくしたたりて、床の上《へ》には断《ちぎ》れたる紗《うすぎぬ》、落ちたるはな片《びら》あり。前座敷の[85]間食卓《ビユツフエエ》にかよふ足やうやう繁《しげ》くなりたるをりしも、わが前をとほり過ぐるやうにして、小首かたぶけたる顔こなたへふり向け、なかば開けるまひ扇に頤《おとがひ》のわたりを持たせて、「われをばはや見忘れやしたまひつらむ。」といふはイイダ姫なり。[86]「いかで。」といらへつつ、二足三《ふたあしみ》足《あし》付きてゆけば、「かしこなる陶物の間見たまひしや、東洋産の花瓶に知らぬ草木鳥獣など染めつけたるを、われに釈《と》きあかさむ人おん身の外になし、いざ。」といひて伴ひゆきぬ。

ここは四方の壁に造り付けたる白石の棚に、代々の君が美術に志ありてあつめたまひぬる国々のおほ花瓶、かぞふる指[87]いとなきまで並べたるが、乳《ち》のごとく白き、[88]琉璃《るり》のごとく碧《あを》き、さては五色まばゆき[89]蜀錦《しょつきん》のいろなるなど、陰になりたる壁より浮きいでて麗し。されどこの宮居に慣れたる[90]まらうどたちは、こよひこれに心留むべくもあらねば、前座敷にゆきかふ人のをりをり見ゆるのみにて、足をとどむるものほとほとなかりき。

緋《ひ》の淡き地におなじいろの濃きから草織り出だしたる長椅子に、姫は水いろぎぬの裳のけだかきおほ襞《ひだ》の、舞の後ながらつゆ頽《くづ》れぬを、身をひねりて横ざまに折りて腰掛け、斜めに中の棚の花瓶を扇の先もてゆびさしてわれに語りはじめぬ。

「はや去年《こぞ》のむかしとなりぬ。ゆくりなく君を文づかひにして、[91]ゐや申すたつきを得ざりければ、わが身のことといかにおもひとりたまひけむ。されど我を煩悩の闇路より

81 うちまもりたるに　じっと見たところが。82 さうび　バラ。薔薇。83 金剛石　ダイヤモンド。84 燭涙　ろうそくの蠟が溶けて流れたもの。85 間食卓　舞踏会などで用いる間食用の食卓。［フランス語］buffet 86 いかで　いかでか忘れん、の意。なんで忘れましょうか。87 いとなきまで　足りなくなるまで。88 瑠璃　青色の宝石。89 蜀錦「蜀」は、中国の三国時代の国名。蜀の錦江の水でさらした糸を用いて織った錦。広く見事な錦をもいう。90 まらうど　客。91 ゐや申すたつき　御礼を申し上げるきっかけ。

すくひいでたまひし君、心の中には片時も忘れ侍らず。」

「近頃日本の風俗書きしふみ一つ二つ買はせて読みしに、おん国にては親の結ぶ縁ありて、まことの愛知らぬ夫婦多しと、こなたの旅人のいやしむやうに記したるありしが、こはまだよくも考へぬ言《こと》にて、かかることはこの欧羅巴《ヨオロッパ》にもなからずやは。いひなづけするまでの交際《つきあひ》久しく、[92]かたみに心の底まで知りあふ甲斐《かひ》は否[93]とも諾《う》ともいはるる中にこそあらめ、貴族仲間にては早くより目上の人にきめられたる夫婦、こころ合はでも辞《いな》まむよしなきに、日々にあひ見て忌むこころ飽くまで募りたる時、これに添はする習ひ、さりとてはことわりなの世や。」

「メエルハイムはおん身が友なり。悪《あ》しといはば弁護もやしたまはむ。否、我とてもその直《すぐ》なる心を知り、貌《かたち》にくからぬを見る目なきにあらねど、年頃つきあひしすゐ、わが胸にうづみ火ほどのあたたまりもできず。[94]ただ厭《いと》ふにはゆるは彼方《あなた》の親切にて、ふた親のゆるしし交際《つきあひ》の表、[95]かひな借さるることもあれど、ただ二人になりたるときは、家も園もゆくかたもなう鬱陶《いぶ》せく覚えて、こころともなく太き息せられても、かしら熱くなるまで忍びがたうなりぬ。何ゆゑと問ひたまふな。そを誰か知らむ。恋ふるも恋ふるゆゑに恋ふるとこそ聞け、嫌ふもまたさならむ。」

「あるとき父の機嫌よきを伺ひ得て、わがくるしさいひ出でむとせしに、気色を見てなかば言はせず。『世に貴族と生まれしものは、[96]賤《しづ》やまがつなどのごとくわがままなる振る舞ひ、おもひもよらぬことなり。[97]血の権の贄《にへ》は人の権なり。われ老いたれど、人の情忘れたりなど、ゆめな思ひそ。向かひの壁に掛けたるわが母君の像を見よ。心もあの貌《かほばせ》のやうに厳《いつく》しく、われに[98]あだし心おこさせたまはず、世のたのしみをば失ひぬれど、幾百年の間いやしき血一滴《ひとしづく》まぜしことなき家の誉れはすくひぬ。』といつも軍人ぶりの言葉つきあらあらしきに似ぬやさしさに、かねて[99]といはむかく答へむとおもひし略《てだて》、胸にたたみたるままにてえもめぐらさず、ただ心のみ弱うなりてやみぬ。」

「もとより父に向かひてはかへす言葉知らぬ母に、わがこころ明かして何にかせむ。されど貴族の子に生まれたりとて、われも人なり。いまいましき門閥《もんばつ》、血統、迷信の

92 **かたみに**　互いに。 93 **否とも諾ともいはるる**　結婚について諾否が自由に言えること。 94 **ただ厭ふにはゆるは彼方の親切**　こちらが嫌うと向こうの親切は増すばかり。「はゆ」は「生ゆ」で、芽を出してのびること。 95 **かひな**　腕。 96 **賤やまがつ**　身分いやしい者。 97 **血の権の贄は人の権なり**　貴族の高貴な血統を守る権利のためには、真の愛情という人間的権利も犠牲に供せられなくてはならない。「贄」は、神などにささげる犠牲。 98 **あだし心**　浮気めいた心。 99 **といはむかく答へむとおもひし略**　あのように言おう、このように答えようと考えていた計略。

土くれと見破りては、我が胸の中に投げ入るべきところなし。いやしき恋にうき身窶《やつ》さば、姫ごぜの恥ともならめど、この習慣《ならはし》の外に出でむとするを誰か支ふべき。『[100]カトリック』[102]教の国には尼になる人ありといへど、ここ[101]新教のザックセンにてはそれもえならず。そよや、かの[103]羅馬《ロオマ》教の寺にひとしく、礼知りてなさけ知らぬ宮の内こそわが[104]塚穴なれ。」

「わが家もこの国にて聞こゆる族なるに、いま勢ひある国務大臣ファブリイス伯とは[105]かさなる好《よしみ》あり。このことおもてより願はばいと易《やす》からむとおもへど、それの叶はぬは父君の御心《みこころ》うごかし難きゆゑのみならず。われ性《さが》として人とともに嘆き、人とともに笑ひ、愛憎二つの目もて久しく見らるることを嫌へば、かかる望みをかれに伝へ、これにいひ継がれて、あるは諫《いさ》められ、あるは勧められむ煩はしさに堪へず。いはんやメエルハイムのごとく心浅々しき人に、イイダ姫嫌ひて避けむとすなどと、おのれ一人にのみ係ることのやうにおもひなされむこと口惜しからむ。われよりの願ひと人に知られで宮づかへする手立てもがなとおもひ悩むほどに、この国をしばしの宿にして、われらを路傍の岩木などのやうに見もすべきおん身が、心の底にゆるぎなき誠をつつみたまふと知りて、かねて我が身いとほしみたまふファブリイス夫人への消息《せうそこ》、ひそかに頼みまつりぬ。」

「されどこの一件《ひとくだり》のことはファブリイス夫人こころに秘めて族にだに知らせたまはず、女官の闕員《けつゐん》あればしばしの務めにとて呼び寄せ、陛下のおん望みもだしがたしとてつひにとどめられぬ。」

「うき世の波にただよはされて泳ぐ術《すべ》知らぬメエルハイムがごとき男は、わが身忘れむとて白髪生やすこともなからむ。ただ痛ましきはおん身のやどりたまひし夜、わが[106]糸の手とどめし童なり。わが立ちし後も、よなよな纜《ともづな》をわが窓の下に繋ぎて臥《ふ》ししが、ある朝羊小屋の扉のあかぬにこころづきて、人々岸辺にゆきて見しに、波虚しき船を打ちて、残れるはかれ草の上なる一枝《いつし》の笛のみなりきと聞きつ。」

かたりをはるとき午夜の時計ほがらかに鳴りて、はや舞踏の大休みとなり、妃はお[107]ほとのごもりたまふべきをりなれば、イイダ姫あわただしく座を立ちて、こなたへ差

100 『カトリツク』教の国　フランス、スペイン、イタリアなど旧教の国々。101 新教　プロテスタント。マルティン・ルター（一四八三―一五四六年）の宗教改革を機に、カトリックに対抗して起こった。102 そよや　そうだ。103 羅馬教　ローマ・カトリック。104 塚穴　墓穴。自分の生涯を葬るのにふさわしい場所。105 かさなる好　ファブリイスの妻はイイダの伯母。ファブリイスの息子の妻はイイダの姉。このような重なる親しい関係。106 糸の手　楽器を奏する手。107 おほとのごもりたまふ　おやすみになる。「おほとのごもる」は「寝る」の尊敬語。

しのばしたる右手《めて》の指に、わが唇触るるとき、隅の観兵の間[108]に設けたる夕餉《スペエ》[109]に急ぐまらうど、群ら立ちてここを過ぎぬ。姫の姿はその間にまじり、次第に遠ざかりゆきて、をりをり人の肩のすきまに見ゆる、けふの晴れ着の水いろのみぞ名残なりける。

108 観兵の間 ドレスデン王宮の一室。

109 夕餉 「スペエ」は［古フランス語］souper か。

普請中
ふしんちゅう

発表——一九一〇（明治四三）年
高校国語教科書初出——二〇〇五（平成一七）年
右文書院『新選現代文』

渡辺《わたなべ》参事官は歌舞伎座の前で電車を降りた。

雨あがりの道の、ところどころに残っている水溜《た》まりを避けて、[1]木挽町《こびきちょう》の河岸を、[2]逓信省のほうへ行きながら、たしかこの辺の曲がり角に看板のあるのを見たはずだがと思いながら行く。

人通りはあまりない。役所帰りらしい洋服の男五、六人のががやがや話しながら行くのに遭った。それから[3]半衿《はんえり》の掛かった着物を着た、お茶屋の姉さんらしいのが、何か近所へ用達《ようた》しにでも出たのか、小走りに摩《す》れ違った。まだ幌《ほろ》を掛けたままの人力車が一台あとから駆け抜けていった。

果たして[4]精養軒ホテルと横に書いた、割に小さい看板が見付かった。

1　木挽町　東京都中央区銀座の旧地名。銀座通りの東に平行してあった町。歌舞伎座などがある。2　逓信省　通信、交通運輸などをつかさどったかつての官庁。3　半衿　和服用の下着である襦袢《じゅばん》に縫い付ける替え衿。4　精養軒ホテル　木挽町にあったホテル、西洋料理店。

河岸通りに向いたほうは板囲いになっていて、横町に向いた寂しい側面に、左右から横に登るようにできている階段がある。階段は先を切った三角形になっていて、その先を切ったところに戸口が二つある。渡辺はどれから入るのかと迷いながら、階段を登ってみると、左のほうの戸口に入り口と書いてある。

靴がだいぶ泥になっているので、丁寧に掃除をして、硝子《ガラス》戸をあけて入った。中は広い廊下のような板敷きで、ここには外にあるのと同じような、棕櫚《しゅろ》の靴拭いの傍《そば》に雑巾が広げて置いてある。渡辺は、俺のようなきたない靴を履いてくる人が外にもあると見えると思いながら、また靴を掃除した。

あたりはひっそりとして人気がない。ただ少し隔たったところから騒がしい物音がするばかりである。大工が入っているらしい物音である。外に板囲いのしてあるのを思い合わせて、普請最中だなと思う。

誰《たれ》も出迎える者がないので、まっすぐに歩いて、突き当たって、右へ行こうか左へ行こうかと考えていると、やっとのことで、給仕らしい男のうろついているのに、出合った。

「きのう電話で頼んでおいたのだがね。」

「は。お二人さんですか。どうぞお二階へ。」

右のほうへ登る梯子《はしご》を教えてくれた。すぐに二人前の注文をした客と分かったのは普請中ほとんど休業同様にしているからであろう。この辺まで入り込んでみれば、ますます釘《くぎ》を打つ音や手斧《ちような》[6]をかける音が聞こえてくるのである。

梯子を登る後から給仕が付いてきた。どの部屋かと迷って、背後《うしろ》を振り返りながら、渡辺はこう言った。

「だいぶ賑《にぎ》やかな音がするね。」

「いえ。五時には職人が帰ってしまいますから、お食事中騒々しいようなことはございません。暫《しば》くこちらで。」

さきへ駆け抜けて、東向きの部屋の戸を開けた。入ってみると、二人の客を通すには、ちと大きすぎるサロン[7]である。三所に小さい卓が置いてあって、どれをも四つ五つずつの椅子が取り巻いている。東の右の窓の下にソファもある。その傍には、高さ

5 棕櫚　ヤシ科の常緑高木。毛状の皮を、ほうきやたわしなどに用いる。6 手斧　木材を削り、平らにするための大工道具。7 サロン　ホテルなどにある談話室。［フランス語］salon

三尺[8]ばかりの葡萄《ぶどう》に、暖室で大きい実をならせた盆栽が据えてある。

渡辺があちこち見回していると、戸口に立ち留まっていた給仕が、「お食事はこちらで。」と言って、左側の戸を開けた。これはちょうどいい部屋である。もうちゃんと食卓が拵《こしら》えて、アザレエ[9]やロドダンドロン[10]を美しく組み合わせた盛り花の籠《かご》を真ん中にして、クウェエル[11]が二つ向き合わせて置いてある。いま二人くらいは入られよう、六人になったら少し窮屈だろうと思われる、ちょうどいい部屋である。

渡辺はやや満足してサロンへ帰った。給仕が食事の部屋からすぐに勝手のほうへ行ったので、渡辺は初めてひとりになったのである。

金槌《かなづち》や手斧の音がぱったり止《や》んだ。時計を出してみれば、なるほど五時になっている。約束の時刻までには、まだ三十分あると思いながら、小さい卓の上に封を切って出してある箱の葉巻きを一本取って、先を切って火を付けた。

不思議なことには、渡辺は人を待っているという心持ちが少しもしない。その待っている人が誰であろうと、ほとんど構わないくらいである。あの花籠の向こうにどんな顔が現れてこようとも、ほとんど構わないくらいである。渡辺はなぜこんな冷淡な心持ちになっていられるかと、自ら疑うのである。

渡辺は葉巻きの煙を緩く吹きながら、ソファの角のところの窓を開けて、外を眺めた。窓のすぐ下には材木がたくさん立て並べてある。ここが表口になるらしい。動くとも見えない水を湛《たた》えたカナル[12]を隔てて、向こう側の人家が見える。多分待合《まちあい》[13]か何かであろう。往来はほとんど絶えていて、その家の門に子を負うた女が一人ぼんやり佇《たたず》んでいる。右のはずれのほうには幅広く視野を遮って、海軍参考館[14]の赤煉瓦《あかれんが》がいかめしく立ちはだかっている。

渡辺はソファに腰を掛けて、サロンの中を見回した。壁のところどころには、偶然ここで落ち合ったというような掛け物が幾つも掛けてある。梅に鶯《うぐいす》やら、浦島が子[15]やら、鷹《たか》やら、どれもどれも小さい丈の短い幅《ふく》なので、天井の高い壁に掛けられたのが、尻を端折《はしょ》ったように見える。食卓の拵えてある部屋の入り口を挟んで、聯《れん》[16]のようなも

---

8 尺　長さの単位。一尺は、約三〇センチメートル。　9 アザレエ　ツツジ類の園芸品種の総称。［フランス語］azalée　10 ロドダンドロン　しゃくなげ。［フランス語］rhododendron　11 クウウエエル　ナイフ、フォーク、スプーンなどのテーブルセット。［フランス語］couvert　12 カナル　掘り割り。運河。［フランス語］canal　13 待合　待ち合わせや会合の場所を提供する貸し席業。芸妓《げいぎ》との遊興・飲食のために利用された。　14 海軍参考館　中央区築《つき》地《じ》にあった海軍関連施設。海軍医学校、水交社などと近接してあった。　15 浦島が子　浦島伝説の主人公。　16 聯　柱・壁などに左右相対して掛ける細長い書画の板。

のの掛けてあるのを見れば、[17]某大教正の書いた[18]神代文字《じんだいもじ》というものである。日本は芸術の国ではない。

渡辺は暫く何を思うともなく、何を見聞くともなく、ただ煙草《たばこ》をのんで、体の快感を覚えていた。

廊下に足音と話し声とがする。戸が開く。渡辺の待っていた人が来たのである。麦《むぎ》藁《わら》の大きいアンヌマリイ帽に、珠数飾りをしたのを被《かぶ》っている。鼠色《ねずみいろ》の長い着物式の上衣の胸から、刺繍《ししゅう》をした白い[19]バチストが見えている。[20]ジュポンも同じ鼠色である。手には[21]ウォランの付いた、おもちゃのような蝙蝠傘《こうもりがさ》を持っている。渡辺は無意識に微笑を粧《よそお》ってソファから起き上がって、葉巻きを灰皿に投げた。女は、付いてきて戸口に立ち留まっている給仕をちょっと見返って、その目を渡辺に移した。[22]ブリュネットの女の、褐色の、大きい目である。この目は昔度々見たことのある目である。しかしその縁にある、指の幅ほどな紫がかった濃い暈《かさ》は、昔なかったのである。

「長く待たせて。」

独逸語《ドイツ》である。ぞんざいな言葉と不釣り合いに、傘を左の手に持ち替えて、おうようなに手袋に包んだ右の手の指先を差し伸べた。渡辺は、女が給仕の前で芝居をするなと思いながら、丁寧にその指先を摘《つ》まんだ。そして給仕にこう言った。

「食事のいいときはそう言ってくれ。」

給仕は引っ込んだ。

女は傘を無造作にソファの上に投げて、さも疲れたようにソファへ腰を落として、卓に両肘を着いて、黙って渡辺の顔を見ている。渡辺は卓の傍へ椅子を引き寄せて座った。暫くして女が言った。

「たいそう寂しいうちね。」

「普請中なのだ。さっきまで恐ろしい音をさせていたのだ。」

「そう。なんだか気が落ち着かないようなところね。どうせいつだって気の落ち着くような身の上ではないのだけど。」

「いったいいつどうして来たのだ。」

17 **大教正**　神道布教のために制定された教導職の最高位。一八八四年に廃止。「教正」には、大中小の別があった。18 **神代文字**　漢字渡来以前、神代からあったといわれる文字。19 **バチスト**　細い糸で織られた薄手の布地。または、それを用いて作られたブラウスやワンピース。［フランス語］batiste 20 **ジュポン**　ドレスやスカートの下にはく女性下着。ペチコート。［フランス語］jupon 21 **ウォラン**　縁飾り。ひだ飾り。［フランス語］volant 22 **ブリュネット**　褐色の髪色。［フランス語］brunette

「おとつい来て、きのうあなたにお目に掛かったのだわ。」

「どうして来たのだ。」

「去年の暮れからウラジオストック[23]にいたの。」

「それじゃあ、あのホテルの中にある舞台でやっていたのか。」

「そうなの。」

「まさか一人じゃああるまい。組合か。」

「組合じゃないが、一人でもないの。あなたも御承知の人がいっしょなの。」少しためらって。「コジンスキイがいっしょなの。」

「あのポラック[24]かい。それじゃあお前はコジンスカア[25]なのだな。」

「嫌だわ。わたしが歌って、コジンスキイが伴奏をするだけだわ。」

「それだけではあるまい。」

「そりゃあ、二人きりで旅をするのですもの。まるっきりなしというわけにはいきませんわ。」

「知れたことさ。そこで東京へも連れてきているのかい。」

「ええ。いっしょに愛宕山《あたごやま》[26]に泊まっているの。」

「よく放して出すなあ。」

「伴奏させるのは歌だけなの。」[27]Begleiten《ベグライテン》という言葉を使ったのである。伴奏ともなれば同行ともなる。「銀座であなたにお目に掛かったと言ったら、是非お目に掛かりたいと言うの。」

「真っ平だ。」

「大丈夫よ。まだお金はたくさんあるのだから。」

「たくさんあったって、使えばなくなるだろう。これからどうするのだ。」

「アメリカへ行くの。日本は駄目だって、ウラジオで聞いてきたのだから、当てにはしなくってよ。」

「それがいい。ロシアの次はアメリカがよかろう。日本はまだそんなに進んでいないからなあ。日本はまだ普請中だ。」

---

23 **ウラジオストック**　ロシアの東部、沿海州の港市。日本海に面し、敦賀《つるが》との間に航路があった。Vladivostok　24 **ポラック**　ポーランド人を嘲っていう語。［ドイツ語］Polack　25 **コジンスカア**　コジンスキイ婦人。［ロシア語］Kosinska　26 **愛宕山**　東京都港区にある岡。この岡に愛宕ホテルがあった。　27 **Begleiten**　伴奏する。「同行する」という含意もある。［ドイツ語］

「あら。そんなことを仰《おっ》しゃると、日本の紳士がこう言ったと、アメリカで話してよ。日本の官吏がと言いましょうか。あなた官吏でしょう。」

「うむ。官吏だ。」

「お行儀がよくって。」

「おそろしくいい。本当のフィリステル[28]になり済ましている。きょうの晩飯だけが破格なのだ。」

「ありがたいわ。」さっきから幾つかの控鈕《ボタン》をはずしていた手袋を脱いで、卓越しに右の平手を出すのである。渡辺は真面目にその手をしっかり握った。手は冷たい。そしてその冷たい手が離れずにいて、暈《くま》のできたために一倍大きくなったような目が、じっと渡辺の顔に注がれた。

「キスをして上げてもよくって。」

渡辺はわざとらしく顔を顰《しか》めた。「ここは日本だ。」

叩《たた》かずに戸を開けて、給仕が出てきた。

「お食事がよろしゅうございます。」

「ここは日本だ。」と繰り返しながら渡辺は立って、女を食卓のある部屋へ案内した。

ちょうど電灯がぱっとついた。

女はあたりを見回して、食卓の向こう側に座りながら、「シャンブル・セパレエ」[29]と冗談のような調子で言って、渡辺がどんな顔をするかと思うらしく、背伸びをして覗《のぞ》いてみた。盛花の籠が邪魔になるのである。

「偶然似ているのだ。」渡辺は平気で答えた。

シェリイ[30]を注ぐ。メロンが出る。二人の客に三人の給仕が付き切りである。渡辺は「給仕の賑やかなのを御覧。」と付け加えた。

「あまり気が利かないようね。愛宕山もやっぱりそうだわ。」肘を張るようにして、メロンの肉をはがして食べながら言う。

「愛宕山では邪魔だろう。」

「まるで見当違いだわ。それはそうと、メロンはおいしいことね。」

「いまにアメリカへ行くと、毎朝決まって食べさせられるのだ。」

28　フィリステル　俗物。小市民。［ドイツ語］Philister　29　シャンブル・セパレエ　個室。［フランス語］chambre séparé　30　シェリイ　スペインのアンダルシア州で生産される白ワイン。［英語］sherry

二人は何の意味もない話をして食事をしている。とうとうサラド[31]の付いたものが出て、杯にはシャンパニエ[32]が注がれた。

女が突然「あなた少しも妬《ねた》んでは下さらないのね。」と言った。チェントラアルテアアテル[33]がはねて、ブリュウル石階[34]の上の料理屋の卓に、ちょうどこんなふうに向き合って座っていて、おこったり、仲直りをしたりした昔のことを、意味のない話をしていながらも、女は思い浮かべずにはいられなかったのである。女は冗談のように言おうと心に思ったのが、図らずも真面目に声に出たので、悔しいような心持ちがした。

渡辺は座ったままに、シャンパニエの杯を盛花より高く上げて、はっきりした声で言った。

[35]“Kosinski《コジンスキイ》 soll《ゾル》 leben《レエベン》!”

凝り固まったような微笑を顔に見せて、黙ってシャンパニエの杯を上げた女の手は、人には知れぬほど震っていた。

* * *

まだ八時半頃であった。灯火の海のような銀座通りを横切って、ウェエル[36]に深く面を包んだ女を乗せた、一両の寂しい車が芝[37]のほうへ駆けていった。

31 サラド　サラダ。［フランス語］salade　32 シャンパニエ　フランスのシャンパーニュ地方原産の発泡性ぶどう酒。［フランス語］champagne　33 チェントラアルテアアテル　中央劇場。ドイツのドレスデンにあった。［ドイツ語］Zentral Theater　34 ブリュウル石階　ドレスデン市を流れるエルベ川南岸、アウグストゥス橋のたもとに設けられている遊歩道。木立ちが茂り、流れに臨んだ美しい場所。ブリュールのテラス。［ドイツ語］Brühlsche Terrasse　35 Kosinski soll leben!　コジンスキイの健康を祝す。［ドイツ語］　36 ウエエル　顔おおい。ベール。［英語］veil　37 芝　港区の地名。愛宕山の南に位置する。

阿部《あべ》一族《いちぞく》

発表――一九一三（大正二）年
高校国語教科書初出――一九五七（昭和三二）年
教育出版『標準高等総合編3』

従《じゅ》四位下《いのげ》左《さ》近衛《こんえの》少将兼越中守《えっちゅうのかみ》[1]細川忠利《ただとし》は、寛永十八年[2]辛巳《しんし》の春、よそよりは早く咲く領地肥後国《ひごのくに》[3]の花を見捨てて、五十四万石の大名の晴れ晴れしい行列に前後を囲ませ、南より北へ歩みを運ぶ春とともに、江戸を志して参勤[4]の途《みち》に上ろうとしているうち、図らず病に罹《かか》って、典医[5]の方剤も功を奏せず、日に増し重くなるばかりなので、江戸へは出発日延べの飛脚が立つ。徳川将軍は名君の誉れの高い三代目の家光《いえみつ》[6]で、島原一揆《いっき》[7]の時賊将天草四郎時貞《ときさだ》[8]を討ち取って大功を立てた忠利の身の上を気遣い、三月

1 **細川忠利** 一五八六―一六四一年。一六〇五年、従四位下侍従。一六二一年、襲封。一六二二年、越中守。一六二六年、左《さ》近衛権《このえごんの》少将。当時、五六歳。 2 **寛永十八年** 一六四一年。 3 **肥後国** 現在の熊本県。一六三三年、豊前国《ぶぜん》（現在の福岡県、大分県北部）小倉藩から肥後国熊本藩に転封。 4 **参勤** 各藩の藩主を定期的に江戸に出仕させる法制度。細川家は、この年の四月に参府、在府一年。 5 **典医** 抱えの医官。 6 **家光** 江戸幕府第三代将軍。一六〇四―五一年。一六二三年、将軍宣下。 7 **島原一揆** 島原の乱。一六三七―三八年。長崎の島原、天草島で、キリスト教徒や農民たちが起こした一揆。 8 **天草四郎時貞** 一六二一―三八年。本名、益田《ますだ》時貞《ときさだ》。一六歳で島原の乱の首領に推され、原城で九〇日間籠城の末、敗死した。

二十日には[9]松平伊豆守《いずのかみ》、[10]阿部《あべ》豊後守《ぶんごのかみ》、[11]阿部対馬守《つしまのかみ》の連名の沙汰書を作らせ、針医[12]以策というものを、京都から下向させる。続いて二十二日には同じく執政三人の署名した沙汰書を持たせて、曽我又左衛門《またざえもん》という侍を[13]上使に遣わす。大名に対する将軍家の取り扱いとしては、丁重を極めたものであった。[14]島原征伐がこの年から三年前寛永十五年の春平定してから後、江戸の屋敷に添え地を賜ったり、鷹《たか》狩りの鶴を下されたり、不断慇懃《いんぎん》を尽くしていた将軍家のことであるから、この度の大病を聞いて、先例の許す限りの慰問をさせたのももっともである。

将軍家がこういう手続きをする前に、[15]熊本花畑《はなばた》の館では忠利の病が速やかになって、とうとう三月十七日[16]申《さる》の刻に五十六歳で亡くなった。奥方は小笠原兵部大輔《たゆう》秀政《ひでまさ》の娘を将軍が養女にして妻《めあわ》せた人で、今年四十五歳になっている。名をお千の方という。嫡子六丸は六年前に元服して将軍家から光《みつ》の字を賜り、光貞《みつさだ》と名乗って、従四位下侍従兼肥後守《ひごのかみ》にせられている。今年十七歳である。江戸参勤中で[17]遠江国《とおとうみのくに》浜松まで帰ったが、訃音《ふいん》を聞いて引き返した。光貞は後名を光尚《みつひさ》と改めた。二男鶴千代《つるちよ》は小さい時から[18]立田《たつだ》山の泰勝寺に遣《や》ってある。京都妙心寺出身の大淵和尚《たいえんおしよう》の弟子になって宗玄といっている。三男松之助《まつのすけ》は[19]細川家に旧縁のある長岡氏に養われている。四男勝千代《かつちよ》は家臣南条大膳の養子になっている。女子は二人ある。長女藤姫《ふじひめ》は松平周防守《すおうのかみ》忠弘《ただひろ》の奥方になっている。二女竹姫はのちに有吉頼母《ありよしたのも》英長《ひでなが》の妻になる人である。弟には忠利が[20]三斎の三男に生まれたので、四男中務《なかつかさ》大輔立孝《たつたか》、五男刑部《ぎょうぶ》興孝《おきたか》、六男長岡式部寄之《よりゆき》の三人がある。妹には稲葉一通《かずみち》に嫁した多羅姫《たらひめ》、烏丸《からすまる》中納言光賢《みつかた》に嫁した万姫《まんひめ》がある。この万姫の腹に生まれた禰々姫《ねねひめ》が忠利の嫡子光尚の奥方になってくるのである。目上には長岡氏を名乗る兄が二人、前野・長岡両家に嫁した姉が二人ある。隠居三斎宗立《そうりゅう》もまだ存命で、七十九歳になっている。この中には嫡子光貞のように江戸にいたり、また京都、その外遠国にいる人だちもあるが、それが後に知らせを受けて嘆いたのと違って、熊本の館にいた限りの人だちの嘆きは、分けて痛切なものであった。江戸へ

9 **松平伊豆守** 信綱《のぶつな》。一五九六―一六六二年。武蔵国《むさし》（現在の東京都、埼玉《さいたま》県と神奈川《かながわ》県東部）川越《かわごえ》六万石の城主。一六三三年、老中。10 **阿部豊後守** 忠秋《ただあき》。一六〇二―七五年。武蔵国忍《おし》五万石の城主。一六三五年、老中。11 **阿部対馬守** 重次《しげつぐ》。一五九八―一六五一年。武蔵国岩槻《いわつき》五万九千石の城主。一六三八年、老中。12 **執政** 老中。13 **上使** 将軍家よりの使者。14 **添え地** 一定の敷地以外に、さらに加増した土地。15 **熊本花畑** 現在の熊本市中央区花畑町。熊本城の南方、本丸外山崎の地で、藩主の居館があった。16 **申の刻** 午後四時頃。17 **遠江国浜松** 現在の静岡県浜松市。18 **立田山** 熊本市のほぼ中央に位置する山。19 **細川家に旧縁のある長岡氏** 一五七三年、細川藤孝《ふじたか》（幽斎）が山城国（現在の京都府南半部）桂川《かつらがわ》の西に地を賜り、氏を長岡と改めた。20 **三斎** 忠利の父・忠興の剃髪《ていはつ》号。

の注進[21]には六島《むつしま》少吉、津田六左衛門《ろくざえもん》の二人が立った。

　三月二十四日には初七日《しょなぬか》[22]の営みがあった。四月二十八日にはそれまで館の居間の床《とこ》板《いた》を引き放って、土中に置いてあった棺を舁《か》き上げて、江戸からの指図によって、飽《あき》田郡春日村《たごおりかすがむら》[23]岫雲院《しゅううんいん》で遺骸を荼毘《だび》にして、高麗門《こうらいもん》[24]の外の山に葬った。この霊屋《みたまや》の下に、翌年の冬になって、護国山妙解寺《みょうげじ》が建立せられて、江戸品川東海寺から沢庵和尚[25]の同門の啓室和尚が来て住持になり、それが寺内の臨流庵に隠居してから、忠利の二男で出家していた宗玄が、天岸和尚と号して跡継ぎになるのである。忠利の法号は妙解院《みょうげいん》殿台雲宗伍大居士《でんたいうんそうごだいこじ》と付けられた。

　岫雲院で荼毘になったのは、忠利の遺言によったのである。いつのことであったか、忠利が方目《ばん》[26]狩りに出て、この岫雲院で休んで茶を飲んだことがある。その時忠利はふと腮鬚《あごひげ》の伸びているのに気が付いて住持に剃刀《かみそり》はないかと言った。住持が盥《たらい》に水を取って、剃刀を添えて出した。忠利は機嫌よく児小姓《こごしょう》[27]に鬚を剃《そ》らせながら、住持に言った。「どうじゃな。この剃刀では亡者の頭をたくさん剃ったであろうな。」と言った。住持はなんと返事をしていいか分からぬので、ひどく困った。この時から忠利は岫雲院の住持と心安くなっていたので、荼毘所をこの寺に決めたのである。ちょうど荼毘の最中であった。柩《ひつぎ》の供をして来ていた家臣たちの群れに、「あれ、お鷹がお鷹が。」と言う声がした。境内の杉の木立ちに限られて、鈍い青色をしている空の下、円形の石の井筒[28]の上に笠《かさ》のように垂れ掛かっている葉桜の上のほうに、二羽の鷹が輪をかいて飛んでいたのである。人々が不思議がって見ているうちに、二羽が尾と嘴《くちばし》と触れるように後先に続いて、さっと落としてきて、桜の下の井の中に入った。寺の門前で暫《しばら》く何かを言い争っていた五、六人の中から、二人の男が駆け出して、井の端に来て、石の井筒に手を掛けて中を覗《のぞ》いた。その時鷹は水底深く沈んでしまって、歯朶《しだ》の茂みの中に鏡のように光っている水面は、もう元の通りに平らになっていた。二人の男は鷹匠衆《たかじょうしゅう》[29]であった。井の底にくぐり入って死んだのは、忠利が愛していた有明《ありあけ》、明石《あかし》という二羽の鷹であった。そのことが分かったとき、人々の間に、「それではお鷹も殉死したのか。」と囁《ささや》く声が聞こえた。それは殿様がお隠れになった当日から一昨日《おとつい》

21 **注進**　事の急を報告する使者。22 **初七日の営み**　人の死後、七日目にする仏事。23 **岫雲院**　熊本市西区春日《かすが》にある臨済宗大徳寺派の寺院。24 **高麗門**　熊本城南西隅の外門。25 **沢庵和尚**　沢庵宗彭《そうほう》。安土《あづち》桃山時代から江戸時代前期にかけての臨済宗の僧。一五七三―一六四六年。26 **方目**　クイナ。ツル目クイナ科の猟鳥。27 **児小姓**　侍童。元服前の少年で、近習として使える者。28 **井筒**　井戸の周囲を取り巻く囲い。方形のものを井桁という。
29 **鷹匠衆**　鷹匠頭の下に配属され、鷹の飼育・訓練、鷹狩りに従事した。

までに殉死した家臣が十余人あって、中にも一昨日は八人一時に切腹し、昨日も一人切腹したので、家中誰《たれ》一人殉死のことを思わずにいるものはなかったからである。二羽の鷹はどういう手ぬかりで鷹匠衆の手を離れたか、どうして目に見えぬ獲物を追うように、井戸の中に飛び込んだか知らぬが、それを穿鑿《せんさく》しようなどと思うものは一人もない。鷹は殿様の御寵愛《ごちょうあい》なされたもので、それが茶毗の当日に、しかもお茶毗所の岫雲院の井戸に入って死んだというだけの事実を見て、鷹が殉死したのだという判断をするには十分であった。それを疑って別に原因を尋ねようとする余地はなかったのである。

中陰[30]の四十九日が五月五日に済んだ。これまでは宗玄を始めとして、既西堂、金両《こんりよう》堂《どう》、天授庵、聴松院、不二庵等の僧侶が勤行をしていたのである。さて五月六日になったが、まだ殉死する人がぽつぽつある。殉死する本人や親兄弟妻子は言うまでもなく、なんの由縁《ゆかり》もないものでも、京都から来るお針医と江戸から下る御上使との接待の用意なんぞはうわの空でしていて、ただ殉死のことばかり思っている。例年軒に葺《ふ》く端午[31]の菖蒲《しょうぶ》も摘まず、ましてや初幟《はつのぼり》[32]の祝いをする子のある家も、その子の生まれたことを忘れたようにして、静まり返っている。

殉死にはいつどうして決まったともなく、自然に掟《おきて》ができている。どれほど殿様を大切に思えばといって、誰でも勝手に殉死ができるものではない。泰平の世の江戸参勤のお供、いざ戦争というときの陣中へのお供と同じことで、[33]死出の山・三途《さんず》の川のお供をするにも是非殿様のお許しを得なくてはならない。その許しもないのに死んでは、それは犬死にである。武士は[34]名聞《みようもん》が大切だから、犬死にはしない。敵陣に飛び込んで討ち死にをするのは立派ではあるが、軍令に背いて[35]抜け駆けをして死んでは功にはならない。それが犬死にであると同じことで、お許しのないに殉死しては、これも犬死にである。たまにそういう人で犬死ににならないのは、知遇を得た君臣の間に黙契があって、お許しはなくてもお許しがあったのと変わらぬのである。[36]仏涅槃《ぶつねはん》の後に起こった大乗の教えは、仏のお許しはなかったが、過現未を通じて知らぬことのない

30 **中陰**　人の死後、四九日間の称。人が死んで、まだ未来の生を受けぬ間とされる。31 **端午の菖蒲**　五月五日の端午の節句の前日に、軒にかざる水菖蒲。32 **初幟の祝い**　男子誕生後の初めての節句を初節句と呼んで重んじ、幟を贈って祝った。33 **死出の山・三途の川**　人が死後に行くという冥土のけわしい山と、その途中に渡る川。34 **名聞**　名誉。35 **抜け駆け**　戦陣でひそかに陣を抜け出し、他を出し抜いて先駆けすること。36 **仏涅槃**　釈迦《しゃか》の入滅。

仏は、そういう教えが出てくるものだと知って懸[37]許しておいたものだとしてある。お許しがないのに殉死のできるのは、[38]金口《こんく》で説かれると同じように、大乗の教えを説くようなものであろう。

そんならどうしてお許しを得るかというと、この度殉死した人々の中の内藤長十郎元続《もとつぐ》が願った手段などがいい例である。長十郎は平生忠利の机[39]回りの用を勤めて、格別のご懇意を蒙《こうむ》ったもので、病床を離れずに介抱をしていた。もはや本復はおぼつかないと、忠利が悟った時、長十郎に「末期《まつご》が近うなったら、あの不二と書いてある大文字の懸け物を枕元に懸けてくれ。」と言い付けておいた。三月十七日に容態が次第に重くなって、忠利が「あの懸け物を懸けえ。」と言った。長十郎はそれを懸けた。忠利はそれを一目見て、しばらく瞑目《めいもく》していた。それから忠利が「足がだるい。」と言った。長十郎は[40]搔《かい》巻きの裾を静かにまくって、忠利の足をさすりながら、忠利の顔をじっと見ると、忠利もじっと見返した。

「長十郎お願いがござりまする。」

「なんじゃ。」

「御病気はいかにも御重体のようにはお見受け申しまするが、神仏の加護良薬の功験で、一日も早う御全快遊ばすようにと、祈願いたしておりまする。それでも万一と申すことがござりまする。もしものことがござりましたら、どうぞ長十郎奴《め》にお供を仰せ付けられますように。」

　こう言いながら長十郎は忠利の足をそっと持ち上げて、自分の額に押し当てて戴《いただ》いた。目には涙がいっぱい浮かんでいた。

「それはいかんぞよ。」こう言って忠利は今まで長十郎と顔を見合わせていたのに、半分寝返りをするように脇を向いた。

「どうぞそう仰《おっ》しゃらずに。」長十郎はまた忠利の足を戴いた。

「いかんいかん。」顔を背けたままで言った。

列座の者の中から、「弱輩の身をもって[41]推参じゃ、控えたらよかろう。」と言ったものがある。長十郎は当年十七歳である。

「どうぞ。」咽《のど》に支《つか》えたような声で言って、長十郎は三度目に戴いた足をいつまでも

37 **懸許**　あらかじめ許可を垂れること。　38 **金口**　釈迦の口舌。釈迦が超人であることを示す特徴として、身体が黄金色であったところからいう。　39 **机回りの用**　君のそばに日夜当直し、用事を行う近習役。　40 **搔巻き**　薄い綿入れの夜着。　41 **推参**　無礼。さしでがましい。

額に当てて放さずにいた。

「情の剛《こわ》い奴《やつ》じゃな。」声はおこって叱るようであったが、忠利はこの言葉とともに二度頷《うなず》いた。

長十郎は「はっ。」と言って、両手で忠利の足を抱えたまま、床の後ろに俯伏《うつぶ》して、暫く動かずにいた。その時長十郎が心のうちには、非常な難所を通って行き着かなくてはならぬところへ行き着いたような、力の弛《ゆる》みと心の落ち着きとが満ち溢《あふ》れて、その外のことは何も意識に上らず、備後《びんご》[42]畳の上に涙の零《こぼ》れるのも知らなかった。

長十郎はまだ弱輩で何一つ際立った功績もなかったが、忠利は始終目を掛けて側近《そば》く使っていた。酒が好きで、別人なら無礼のお咎《とが》めもありそうな失錯をしたことがあるのに、忠利は「あれは長十郎がしたのではない、酒がしたのじゃ。」と言って笑っていた。それでその恩に報いなくてはならぬ、その過ちを償《つぐの》わなくてはならぬと思い込んでいた長十郎は、忠利の病気が重ってからは、その報謝と賠償との道は殉死の外ないと固く信ずるようになった。しかし細かにこの男の心中に立ち入ってみると、自分の発意で殉死しなくてはならぬという心持ちの傍ら、人が自分を殉死するはずのものだと思っているに違いないから、自分は殉死を余儀なくせられていると、人にすがって死の方向へ進んでいくような心持ちが、ほとんど同じ強さに存在していた。反面から言うと、もし自分が殉死せずにいたら、恐ろしい屈辱を受けるに違いないと心配していたのである。こういう弱みのある長十郎ではあるが、死を恐れる念は微塵《みじん》もない。それだからどうぞ殿様に殉死を許していただこうという願望《がんもう》は、何物の障害をも被らずにこの男の意志の全幅を領していたのである。

暫くして長十郎は両手で持っている殿様の足に力が入って少し踏み伸ばされるように感じた。これはまただるくおなりになったのだと思ったので、また最初のように静かにさすり始めた。この時長十郎の心頭には老母と妻とのことが浮かんだ。そして殉死者の遺族が主家の優待を受けるということを考えて、それで己は家族を安穏な地位に置いて、安んじて死ぬることができると思った。それと同時に長十郎の顔は晴れ晴れした気色になった。

四月十七日の朝、長十郎は衣服を改めて母の前に出て、初めて殉死のことを明かし

42　備後畳　備後表の畳。備後表は、広島県東南部産の藺草《いぐさ》で作ったもので、畳表の最高級品。

て暇《いとま》乞いをした。母は少しも驚かなかった。それは互いに口に出しては言わぬが、きょうは倅《せがれ》が切腹する日だと、母も疾《と》うから思っていたからである。もし切腹しないとでも言ったら、母はさぞ驚いたことであろう。

母はまだ貰《もら》ったばかりのよめが勝手にいたのをその席へ呼んでただ支度ができたかと問うた。よめはすぐに立って、勝手から兼ねて用意してあった杯盤[43]を自身に運んで出た。よめも母と同じように、夫がきょう切腹するということを疾うから知っていた。髪を綺麗《きれい》に撫《な》で付けて、いい分の不断着に着換えている。母もよめも改まった、真面目な顔をしているのは同じことであるが、ただよめの目の縁が赤くなっているので、勝手にいた時泣いたことが分かる。杯盤が出ると、長十郎は弟左平次を呼んだ。

四人は黙って杯を取り交わした。杯が一順した時母が言った。

「長十郎や。お前の好きな酒じゃ。少し過ごしてはどうじゃな。」

「ほんにそうでござりまするな。」と言って、長十郎は微笑を含んで、心地よげに杯を重ねた。

暫くして長十郎が母に言った。「いい心持ちに酔いました。先日からかれこれと心遣いを致しましたせいか、いつもより酒が利いたようでござります。御免を蒙ってちよっと一休みいたしましょう。」

こう言って長十郎は立って居間に入ったが、すぐに部屋の真ん中に転がって、鼾《いびき》をかき出した。女房が後からそっと入って枕を出して当てさせた時、長十郎は「ううん。」とうなって寝返りをしただけで、また鼾をかき続けている。女房はじっと夫の顔を見ていたが、たちまち慌てたように立って部屋へ行った。泣いてはならぬと思ったのである。

家はひっそりとしている。ちょうど主人の決心を母と妻とが言わずに知っていたように、家来も女中も知っていたので、勝手からも厩《うまや》のほうからも笑い声なぞは聞こえない。

母は母の部屋に、よめはよめの部屋に、弟は弟の部屋に、じっとものを思っている。主人は居間で鼾をかいて寝ている。開け放ってある居間の窓には、下に風鈴を付けた吊り葱《しのぶ》[44]が吊ってある。その風鈴が折々思い出したように微《かす》かに鳴る。その下には丈の

43 杯盤　杯と皿・小鉢。酒宴の具。44 吊り葱　忍草の根茎を曲げてさまざまな形に作り、軒などにつるして涼味を添えるもの。

高い石の頂を掘り窪《くぼ》めた手水鉢《ちょうず》がある。その上に伏せてある巻き物[45]の柄杓《ひしゃく》に、やんま[46]が一匹止まって、羽を山形に垂れて動かずにいる。

一時《ひととき》たつ。二時《ふたとき》たつ。もう午《ひる》を過ぎた。食事の支度は女中に言い付けてあるが、姑《しゅうとめ》が食べると言われるか、どうだか分からぬと思って、よめは聞きにいこうと思いながらためらっていた。もし自分だけが食事のことなぞを思うように取られはすまいかとためらっていたのである。

その時かねて[47]介錯《かいしゃく》を頼まれていた関小平次が来た。姑はよめを呼んだ。よめが黙って手を突いて機嫌を伺っていると、姑が言った。

「長十郎はちょっと一休みすると言うたが、[48]いかい時がたつような。ちょうど関殿も来られた。もう起こしてやってはどうじゃろうの。」

「ほんにそうでござります。あまり遅くなりませんほうが。」よめはこう言って、すぐに立って夫を起こしにいった。

夫の居間に来た女房は、先に枕をさせた時と同じように、またじっと夫の顔を見ていた。死なせに起こすのだと思うので、暫くは言葉を掛け兼ねていたのである。

熟睡していても、庭からさす昼の明かりがまばゆかったと見えて、夫は窓のほうを背にして、顔をこっちへ向けている。

「もし、あなた。」と女房は呼んだ。

長十郎は目を覚まさない。

女房がすり寄って、聳《そび》えている肩に手を掛けると、長十郎は「あ、ああ。」と言って肘を伸ばして、両目を開いて、むっくり起きた。

「たいそうよくお休みになりました。お袋様があまり遅くなりはせぬかと仰しゃりますから、お起こし申しました。それに関様がおいでになりました。」

「そうか。それでは午になったと見える。少しの間だと思ったが、酔ったのと疲れがあったのとで、時のたつのを知らずにいた。その代わりひどく気分がようなった。茶漬けでも食べて、そろそろ東光院へ行かずばなるまい。お母様にも申し上げてくれ。」

武士はいざという時には飽食はしない。しかしまた空腹で大切なことに取り掛かることもない。長十郎は実際ちょっと寝ようと思ったのだが、覚えず気持ちよく寝過ご

45 巻き物の柄杓　薄く削り取った材を円形に曲げて作った、曲げ物のひしゃく。46 やんま　とんぼ。47 介錯　切腹する人の首を切り落とすこと。48 いかい　たいそう。

し、午になったと聞いたので、食事をしようと言ったのである。これから形ばかりではあるが、一家四人のものが不断のように膳に向かって、午の食事をした。

長十郎は心静かに支度をして、関を連れて菩提所《ぼだいしょ》東光院へ腹を切りにいった。

長十郎が忠利の足を戴いて願ったように、平生恩顧を受けていた家臣のうちで、これと前後して思い思いに殉死の願いをして許されたものが、長十郎を加えて十八人あった。いずれも忠利の深く信頼していた侍どもである。だから忠利の心では、この人々を子息光尚の保護のために残しておきたいことは山々であった。またこの人々を自分といっしょに死なせるのが残酷だとは十分感じていた。しかし彼ら一人一人に「許す。」という一言を、身を割くように思いながら与えたのは、勢い已《や》むことを得なかったのである。

自分の親しく使っていた彼らが、命を惜しまぬものであるとは、忠利は信じている。したがって殉死を苦痛とせぬことも知っている。これに反してもし自分が殉死を許さずにおいて、彼らが生きながらえていたら、どうであろうか。家中一同は彼らを死ぬべき時に死なぬものとし、恩知らずとし、卑怯《ひきょう》者として[49]ともに歯《よわい》せぬであろう。それだけならば、彼らもあるいは忍んで命を光尚に捧《ささ》げる時の来るのを待つかも知れない。しかしその恩知らず、その卑怯者をそれと知らずに、先代の主人が使っていたのだと言うものがあったら、それは彼らの忍び得ぬことであろう。彼らはどんなにか口惜しい思いをするであろう。こう思ってみると、忠利は「許す。」と言わずにはいられない。そこで病苦にも増したせつない思いをしながら、忠利は「許す。」と言ったのである。

殉死を許した家臣の数が十八人になったとき、五十余年の久しい間治乱のうちに身を処して、人情世故[50]に飽くまで通じていた忠利は病苦の中にも、つくづく自分の死と十八人の侍の死とについて考えた。生《しょう》あるものは必ず滅する。老木の朽ち枯れる傍《そば》で、若木は茂り栄えていく。嫡子光尚の周囲にいる若者どもから見れば、自分の任用している年寄りらは、もういなくていいのである。邪魔にもなるのである。自分は彼らを生きながらえさせて、自分にしたと同じ奉公を光尚にさせたいと思うが、その奉公を光尚にするものは、もう幾人もできていて、手ぐすね引いて待っているかも知れない。

49 **ともに歯せぬ**　仲間に入れない。　50 **世故**　世の中の事柄。

自分の任用したものは、年来それぞれの職分を尽くしてくるうちに、人の怨《うら》みをも買っていよう。少なくも娼嫉《そねみ》の的になっているには違いない。そうして見れば、強いて彼らにながらえていろと言うのは、通達した考えではないかも知れない。殉死を許してやったのは慈悲であったかも知れない。こう思って忠利は多少の慰藉《いしゃ》を得たような心持ちになった。

殉死を願って許された十八人は寺本八左衛門直次《なおつぐ》、大塚喜兵衛種次《たねつぐ》、内藤長十郎元《もと》続《つぐ》、太田《おおた》小十郎正信《まさのぶ》、原田十次郎之直《ゆきなお》、宗像《むなかた》加兵衛景定《かげさだ》、同吉太夫景好《きちだゆうかげよし》、橋谷市蔵重《しげ》次《つぐ》、井原十三郎吉正《じゅうさぶろうよしまさ》、田中意徳、本庄《ほんじょう》喜助重正《しげまさ》、伊藤《いとう》太左衛門方高《まさたか》、右田因幡統安《いなばむねやす》、野田喜兵衛重綱《しげつな》、津崎五助長季《ながすえ》、小林理右衛門《りえもん》行秀《ゆきひで》、林与左衛門正定《まささだ》、宮永勝左衛門《かつざえもん》宗祐《むねすけ》の人々である。

寺本が先祖は[51]尾張国《おわりのくに》寺本に住んでいた寺本太郎というものであった。太郎の子内《ない》膳正《ぜんのしょう》は[52]今川家に仕えた。内膳正の子が左兵衛、左兵衛の子が右衛門佐《うえもんのすけ》、右衛門佐の子が与左衛門で、与左衛門は[53]朝鮮征伐の時、加藤嘉明《よしあき》に属して功があった。与左衛門の子が八左衛門で、[54]大坂籠城の時、後藤基次《もとつぐ》の下で働いたことがある。細川家に召し抱えられてから、千石取って、[55]鉄砲五十挺《ちょう》の頭《かしら》になっていた。四月二十九日に安養寺で切腹した。五十三歳である。藤本猪左衛門《いざえもん》が介錯した。大塚は百五十石取りの[56]横目《よこめ》役《やく》である。四月二十六日に切腹した。介錯は池田八左衛門であった。内藤がことは前に言った。太田は祖父伝左衛門が[57]加藤清正《きよまさ》に仕えていた。忠広が封を除かれた時、伝左衛門とその子の源左衛門とが流浪した。小十郎は源左衛門の二男で児小姓に召し出された者である。百五十石取っていた。殉死の先頭はこの人で、三月十七日に春日寺《かすがでら》で切腹した。十八歳である。介錯は門司《もじ》源兵衛がした。原田は百五十石取りで、お側に勤めていた。四月二十六日に切腹した。介錯は鎌田《かまだ》源太夫がした。宗像加兵衛、同吉太夫の兄弟は、宗像中納言氏貞《うじさだ》の後裔《こうえい》で、親清兵衛景延《かげのぶ》の代に召し出された。兄弟いずれも二百石取りである。五月二日に兄は流長院、弟は蓮政寺《れんせいじ》で切腹した。兄の介錯は高田十兵衛、弟のは村上市右衛門がした。橋谷は出雲国《いずものくに》の人で、[58]尼子《あまご》の末流《ばつりゅう》であ

51 **尾張国寺本**　現在の愛知県知多市八幡《やわた》。52 **今川家**　室町時代に三河国（現在の愛知県東部）幡豆《はず》郡今川庄に住した豪族。53 **朝鮮征伐**　文禄《ぶんろく》・慶長の役。一五九二年と九七年、豊臣秀吉《とよとみひでよし》と朝鮮・明《みん》の連合軍との戦い。54 **大坂籠城**　大坂冬（一六一四年）・夏（一六一五年）の陣。55 **鉄砲五十挺の頭**　鉄砲五〇挺を保持し、小頭四人と足軽から成る鉄砲組の長。56 **横目役**　警察役。57 **加藤清正**　安土桃山時代の武将。一五六二―一六一一年。豊臣秀吉に仕え、文禄・慶長の役では朝鮮に出兵した。58 **尼子**　戦国時代の豪族で、毛利氏に滅ぼされた。

る。十四歳の時忠利に召し出されて、知行百石の側役《そばやく》[59]を勤め、食事の毒味をしていた。忠利は病が重くなってから、橋谷の膝を枕にして寝たこともある。四月二十六日に西岸寺で切腹した。ちょうど腹を切ろうとすると、城の太鼓が微かに聞こえた。橋谷は付いてきていた家来に、外へ出て何時《なんどき》か聞いてこいと言った。家来は帰って、「しまいの四つだけは聞きましたが、総体の桴数《ばちかず》は分かりません。」と言った。橋谷を始めとして、一座の者が微笑《ほほえ》んだ。橋谷は「最期によう笑わせてくれた。」と言って、家来に羽織を取らせて切腹した。吉村甚太夫《じんだゆう》が介錯した。井原は切米《きりまい》[60]三人扶持《ふち》十石を取っていた。切腹した時阿部弥一右衛門《あべやいちえもん》の家来林左兵衛が介錯した。田中は『阿菊《おきく》[61]物語』を世に残したお菊が孫で、忠利が愛宕山《あたごさん》へ学問に行った時の幼友達であった。忠利がその頃出家しようとしたのを、窃《ひそ》かに諫《いさ》めたことがある。後に知行二百石の側役を勤め、算術が達者で用に立った。老年になってからは、君前で頭巾《ずきん》を被《かむ》ったまま安座[62]することを許されていた。当代に追い腹を願っても許されぬので、六月十九日に小脇差しを腹に突き立ててから願い書を出して、とうとう許された。加藤安太夫が介錯した。本庄は丹後国《たんごのくに》[63]の者で、流浪していたのを三斎公の部屋付き本庄久右衛門《きゆうえもん》が召し使っていた。仲津で狼藉者《ろうぜきもの》を取り押さえて、五人扶持十五石の切米取りにせられた。

本庄を名乗ったのもその時からである。四月二十六日に切腹した。伊藤は[64]奥納戸役《おくなんどやく》を勤めた切米取りである。四月二十六日に切腹した。介錯は河喜多《かわきた》八助がした。右田は[65]大伴《おおとも》家の浪人で、忠利に知行百石で召し抱えられた。四月二十七日に自宅で切腹した。六十四歳である。松野右京の家来田原勘兵衛が介錯した。野田は天草[66]の家老野田美濃《みの》の倅で、切米取りに召し出された。四月二十六日に源覚寺で切腹した。介錯は恵良《えら》半衛門がした。津崎のことは別に書く。小林は二人扶持十石の切米取りである。切腹の時、高野勘右衛門が介錯した。林は[67]南郷下田村の百姓であったのを、忠利が十人扶持十五石に召し出して、花畑の館の[68]庭方にした。四月二十六日に仏巌寺《ぶつがんじ》で切腹した。介錯は仲光《なかみつ》半助がした。宮永は二人扶持十石の[69]台所役人で、先代に殉死を願った最初の男であった。四月二十六日に浄照寺《じょうしょうじ》で切腹した。介錯は吉村嘉右衛門《かえもん》がした。この人々の中にはそれぞれの家の菩提所に葬られたのもあるが、また高麗門外の山中にあ

59 **側役** 日常君主の左右に侍し、用を弁ずる近習役。60 **切米** 中・下級武士に年俸として与えられる米。61 **『阿菊物語』** 大坂落城の際、城中にあった二〇歳の女性の見聞を綴《つづ》ったもの。一六一五年。62 **安座** あぐらをかくこと。63 **仲津** 現在の大分《おおいた》県中津市。64 **奥納戸役** 奥向きの衣服器財管理出納役。65 **大伴家** 本姓は藤原氏。豊前《ぶぜんの》守《かみ》、鎮西奉行として代々西国に重きをなした。66 **天草** 天草伊豆守《いずのかみ》種元。天草本渡《ほんど》の城主。67 **南郷下田村** 現在の熊本県阿蘇郡南阿蘇村長陽町。68 **庭方** 内庭監視役。69 **台所役人** 膳部料理のことをつかさどる役。

る霊屋《おたまや》の側に葬られたのもある。

切米取りの殉死者はわりに多人数であったが、中にも津崎五助の事跡は、際立って面白いから別に書くことにする。

五助は二人扶持六石の切米取りで、忠利の[70]犬牽《ひ》きである。いつも鷹狩りの供をして[71]野《の》方《かた》で忠利の気に入っていた。主君にねだるようにして、殉死のお許しは受けたが、家老たちは皆言った。「外の方々は高禄《こうろく》を賜って、栄耀《えよう》をしたのに、そちは殿様のお犬牽きではないか。そちが志は殊勝で、殿様のお許しが出たのは、この上もない誉れじゃ。もうそれでいい。どうぞ死ぬることだけは思い止《とど》まって、御当主に御奉公してくれい。」と言った。

五助はどうしても聴かずに、五月七日にいつも牽いてお供をした犬を連れて、[72]追廻《おいまわし》田《た》畑《はた》の高琳寺《こうりんじ》へ出掛けた。女房は戸口まで見送りに出て、「お前も男じゃ、お歴々の衆に負けぬようにおしなされい。」と言った。

津崎の家では往生院を菩提所にしていたが、往生院は[73]上《かみ》の御由緒のあるお寺だというので憚《はばか》って、高琳寺を死所と決めたのである。五助が墓地に入ってみると、かねて介錯を頼んでおいた松野縫殿助《ぬいのすけ》が先に来て待っていた。五助は肩に掛けた浅葱《あさぎ》の嚢《ふくろ》を下ろしてその中から飯行李《めしこうり》[74]を出した。蓋を開けると握り飯が二つ入っている。それを犬の前に置いた。犬はすぐに食おうともせず、尾を振って五助の顔を見ていた。五助は人間に言うように犬に言った。

「おぬしは畜生じゃから、知らずにおるかも知れぬが、おぬしの頭をさすって下されたことのある殿様は、もうお亡くなり遊ばされた。それで御恩になっていなされたお歴々は皆きょう腹を切ってお供をなさる。俺は下司《げす》[75]ではあるが、御扶持を戴いて繋《つな》いだ命はお歴々と変わったことはない。殿様にかわいがっていただいたありがたさも同じことじゃ。それで俺は今腹を切って死ぬるのじゃ。俺が死んでしもうたら、おぬしは今から野ら犬になるのじゃ。俺はそれがかわいそうでならん。殿様のお供をした鷹は岫雲院《しゅううんいん》で井戸に飛び込んで死んだ。どうじゃ。おぬしも俺といっしょに死のうとは思わんかい。もし野ら犬になっても、生きていたいと思うたら、この握り飯を食ってくれい。死にたいと思うなら、食うなよ。」

---

70 **犬牽き**　鷹狩りの際の犬を引く役。71 **野方**　野外。鷹野。72 **追廻田畑**　現在の熊本市中央区下通《しもとおり》一丁目、花畑町辺。73 **上の御由緒**　蒲生《がもう》秀行《ひでゆき》に嫁した徳川家康の八女の墓所があること。74 **飯行李**　陣中で携帯するために竹・柳を編んで作った弁当箱。75 **下司**　身分の低い者。

こう言って犬の顔を見ていたが、犬は五助の顔ばかりを見ていて、握り飯を食おうとはしない。

「それならおぬしも死ぬるか。」と言って、五助は犬をきっと見詰めた。

犬は一声鳴いて尾を振った。

「よい。そんなら不便《ふびん》じゃが死んでくれい。」こう言って五助は犬を抱き寄せて、脇差しを抜いて、一刀に刺した。

五助は犬の死骸を傍らへ置いた。そして懐中から一枚の書き物を出して、それを前にひろげて、小石を重りにして置いた。誰やらの屋敷で歌の会のあった時見覚えた通りに半紙を横に二つに折って、「家老衆はとまれとまれと仰せあれどとめてとまらぬこの五助かな」と、常の詠草のように書いてある。署名はしてない。歌の中に五助としてあるから、二重に名を書かなくてもいいと、すなおに考えたのが、自然に故実[76]に愜《かな》っていた。

もうこれで何も手落ちはないと思った五助は「松野様、お頼み申します。」と言って、安座して肌をくつろげた。そして犬の血の付いたままの脇差しを逆手に持って、「お鷹匠衆はどうなさりましたな、お犬牽きは只今《ただいま》参りますぞ。」と高声に言って、一声快げに笑って、腹を十文字に切った。松野が後ろから首を打った。

五助は身分の軽いものではあるが、後に殉死者の遺族の受けたほどの手当ては、後に残った後家が受けた。男子一人は小さい時出家していたからである。後家は五人扶持を貰い、新たに家屋敷を貰って、忠利の三十三回忌の時まで存命していた。五助の甥《おい》の子が二代の五助となって、それからは代々触組《ふれぐみ》[77]で奉公していた。

忠利の許しを得て殉死した十八人のほかに、阿部弥一右衛門通信《みちのぶ》というものがあった。初めは明石《あかし》氏《うじ》で、幼名を猪之助《いのすけ》といった。早くから忠利の側近く仕えて、千百石余の身分になっている。島原征伐[78]の時、子供五人の内三人まで軍功によって新知[79]二百石ずつを貰った。この弥一右衛門は家中でも殉死するはずのように思い、当人もまた忠利の夜伽《よとぎ》[80]に出る順番が来る度に、殉死したいと言って願った。しかしどうしても忠利は許さない。

76 故実に慣って　署名や花押は一カ所にするのが通例。77 触組　職掌なし。人数約二五〇人。老幼免除の人々で、他職の欠員補充にあてる。78 島原征伐　島原の乱。注7を参照。79 新知　新規の知行。80 夜伽　夜間に付き添って看病すること。

「そちが志は満足に思うが、それよりは生きていて光尚に奉公してくれい。」と、何度願っても、同じことを繰り返して言うのである。

いったい忠利は弥一右衛門の言うことを聴かぬ癖が付いている。これはよほど古くからのことで、まだ猪之助といって小姓を勤めていた頃も、猪之助が「御膳を差し上げましょうか。」と伺うと、「まだ空腹にはならぬ。」と言う。外の小姓が申し上げると、「よい、出させい。」と言う。忠利はこの男の顔を見ると、反対したくなるのである。そんなら叱られるかというと、そうでもない。この男ほど精勤をするものはなく、万事に気が付いて、手ぬかりがないから、叱ろうといっても叱りようがない。

弥一右衛門は外の人の言い付けられてすることを、言い付けられずにする。外の人の申し上げてすることを申し上げずにする。しかしすることはいつも肯綮《こうけい》[81]に中《あた》っていて、間然[82]すべきところがない。弥一右衛門は意地ばかりで奉公していくようになっている。忠利は初めなんとも思わずに、ただこの男の顔を見ると、反対したくなったのだが、後にはこの男の意地で勤めるのを知って憎いと思った。憎いと思いながら、聡《そう》明《めい》な忠利はなぜ弥一右衛門がそうなったかと回想してみて、それは自分がし向けたのだということに気が付いた。そして自分の反対する癖を改めようと思っていながら、月が重なり年が重なるに従って、それが次第に改めにくくなった。

人には誰《た》が上にも好きな人、嫌な人というものがある。そしてなぜ好きだか、嫌だかと穿鑿してみると、どうかすると捕捉するほどの拠《よ》りどころがない。忠利が弥一右衛門を好かぬのも、そんなわけである。しかし弥一右衛門という男はどこかに人と親しみ難いところを持っているに違いない。それは親しい友達の少ないので分かる。誰でも立派な侍として尊敬はする。しかしたやすく近づこうと試みるものがない。稀《まれ》にもの好きに近づこうと試みるものがあっても、暫くするうちに根気が続かなくなって遠ざかってしまう。まだ猪之助といって、前髪のあった時、度々話をし掛けたり、何かに手を貸してやったりしていた年上の男が、「どうも阿部には付け入る隙《ひま》がない。」と言って我を折った。そこらを考えてみると、忠利が自分の癖を改めたく思いながら改めることのできなかったのも怪しむに足りない。

とにかく弥一右衛門は何度願っても殉死の許しを得ないでいるうちに、忠利は亡くなった。亡くなる少し前に、「弥一右衛門奴《め》はお願いと申すことを申したことはござ

81 肯綮に中っていて　ピタリと急所をついていて。
82 間然すべきところ　非難をさしはさむべき余地。

りません、これが生涯唯一のお願いでござります。」と言って、じっと忠利の顔を見ていたが、忠利もじっと顔を見返して、「いや、どうぞ光尚に奉公してくれい。」と言い放った。

弥一右衛門はつくづく考えて決心した。自分の身分で、この場合に殉死せずに生き残って、家中のものに顔を合わせているということは、百人が百人所詮《しょせん》できぬことと思うだろう。犬死にと知って切腹するか、浪人して熊本を去るかの外、仕方があるまい。だが俺は俺だ。よいわ。武士は妾《めかけ》とは違う。主の気に入らぬからといって、立場がなくなるはずはない。こう思って一日一日と例のごとくに勤めていた。

そのうちに五月六日が来て、十八人のものが皆殉死した。熊本中ただその噂《うわさ》ばかりである。誰はなんと言って死んだ、誰の死にようが誰よりも見事であったという話の外には、なんの話もない。弥一右衛門は以前から人に用事の外の話をし掛けられたことは少なかったが、五月七日からこっちは、御殿の詰め所に出ていてみても、いっそう寂しい。それに相役[83]が自分の顔を見ぬようにして見るのが分かる。そっと横から見たり、後ろから見たりするのが分かる。不快でたまらない。それでも俺は命が惜しくて生きているのではない、俺をどれほど悪く思う人でも、命を惜しむ男だとはまさかに言うことができまい、たった今でも死んでいいのなら死んでみせると思うので、昂《こう》然《ぜん》と項《うなじ》を反らして詰め所へ出て、昂然と項を反らして詰め所から引いていた。

二、三日たつと、弥一右衛門が耳に怪《け》しからん噂が聞こえ出してきた。誰が言い出したことか知らぬが、「阿部はお許しのないを幸いに生きていると見える、お許しはのうても追い腹は切られぬはずがない、阿部の腹の皮は人とは違うと見える、瓢簞《ひょうたん》に油でも塗って切ればよいに。」と言うのである。弥一右衛門は聞いて思いの外のことに思った。悪口が言いたくばなんとも言うがいい。しかしこの弥一右衛門を縦から見ても横から見ても、命の惜しい男とは、どうして見えようぞ。げに言えば言われたものかな、よいわ。そんならこの腹の皮を瓢簞に油を塗って切ってみしょう。

弥一右衛門はその日詰め所を引くと、急使をもって別家している弟二人を山崎の屋敷に呼び寄せた。居間と客間との間の建具を外させ、嫡子権兵衛《ごんべえ》、二男弥五兵衛《やごべえ》、次にまだ前髪のある五男七之丞《しちのじょう》の三人を傍におらせて、主人は威儀を正して待ち受けている。権兵衛は幼名権十郎といって、島原征伐に立派な働きをして、新知二百石を貰

83 相役　同僚。

っている。父に劣らぬ若者である。この度のことについては、ただ一度父に「お許しは出ませなんだか。」と問うた。父は「うん、出んぞ。」と言った。その外二人の間にはなんの言葉も交わされなかった。親子は心の底まで知り抜いているので、何も言うには及ばぬのであった。

間もなく二張りの提灯《ちょうちん》が門の内に入った。三男市太夫《いちだゆう》、四男五太夫《ごだゆう》の二人がほとんど同時に玄関に来て、雨具を脱いで座敷に通った。中陰の翌日からじめじめとした雨になって、[84]五月《さつき》闇の空が晴れずにいるのである。

障子は開け放してあっても、蒸し暑くて風がない。そのくせ[85]燭台《しょくだい》の火はゆらめいている。蛍が一匹庭の木立ちを縫って通り過ぎた。

一座を見渡した主人が口を開いた。「夜陰に呼びにやったのに、皆よう来てくれた。家中一般の噂じゃというから、おぬしたちも聞いたに違いない。この弥一右衛門が腹は瓢箪に油を塗って切る腹じゃそうな。それじゃによって、俺は今瓢箪に油を塗って切ろうと思う。どうぞ皆で見届けてくれい。」

市太夫も五太夫も島原の軍功で新知二百石を貰って別家しているが、中にも市太夫は早くから若殿付きになっていたので、御代替わりになって人に羨まれる一人である。

市太夫が膝を進めた。「なるほど。よう分かりました。実は傍輩《ほうばい》が言うには、弥一右衛門殿は御先代の御遺言で続いて御奉公なさるそうな。親子兄弟相変わらず揃《そろ》うてお勤めなさる、めでたいことじゃと言うのでございます。その言葉が何か意味ありげで歯痒《はがゆ》うございました。」

父弥一右衛門は笑った。「そうであろう。目の先ばかり見える近眼《ちかめ》どもを相手にするな。そこでその死なぬはずの俺が死んだら、お許しのなかった俺の子じゃというて、おぬしたちを侮るものもあろう。俺の子に生まれたのは運じゃ。しょうことがない。恥を受ける時はいっしょに受けい。兄弟喧嘩《げんか》をするなよ。さあ、瓢箪で腹を切るのをよう見ておけ。」

こう言っておいて、弥一右衛門は子供らの面前で切腹して、自分で首筋を左から右へ刺し貫いて死んだ。父の心を測り兼ねていた五人の子供らは、この時悲しくはあったが、それと同時にこれまでの不安心な境界《きょうがい》を一歩離れて、重荷の一つを下ろしたように感じた。

84 **五月闇** 梅雨の頃、晴れ間なく昼もなお暗いこと。　85 **燭台** ろうそくを立てる台。

いると、お父《と》っさんは言い置いた。それには誰も異存はあるまい。俺は島原で持ち場が悪うて、知行も貰わずにいるから、これからはおぬしが厄介になるじゃろう。じゃが何事があっても、おぬしが手に確かな槍《やり》一本はあるというものじゃ。そう思うていてくれい。」

「知れたことじゃ。どうなることか知れぬが、俺が貰う知行はおぬしが貰うも同じじゃ。」こう言ったぎり権兵衛は腕組みをして顔を蹙《しか》めた。

「そうじゃ。どうなることか知れぬ。追い腹はお許しの出た殉死とは違うなぞと言う奴《やつ》があろうて。」こう言ったのは四男の五太夫である。

「それは目に見えておる。どういう目に遭《お》うても。」こう言いさして三男市太夫は権兵衛の顔を見た。「どういう目に遭うても、兄弟離ればなれに相手にならずに、固まっていこうぞ。」

「うん。」と権兵衛は言ったが、打ち解けた様子もない。権兵衛は弟どもを心にいたわってはいるが、やさしくものを言われぬ男である。それに何事も一人で考えて、一人でしたがる。相談というものをめったにしない。それで弥五兵衛も市太夫も念を押したのである。

「兄様方が揃うておいでなさるから、お父っさんの悪口は、うかと言われますまい。」これは前髪の七之丞が口から出た。女のような声ではあったが、それに強い信念が籠《こ》もっていたので、一座のものの胸を、暗黒な前途を照らす光明のように照らした。

「どりゃ。おっ母《か》さんに言うて、女子たちに暇乞《いとまご》いをさしょうか。」こう言って権兵衛が席を立った。

従四位下侍従兼肥後守光尚の家督相続が済んだ。家臣にはそれぞれ新知、加増、役替えなどがあった。中にも殉死の侍十八人の家々は、嫡子にそのまま父の跡を継がせられた。嫡子のある限りは、いかに幼少でもその数には漏れない。未亡人《びぼうじん》、老父母には扶持が与えられる。家屋敷を拝領して、作事[86]までも上《かみ》からし向けられる。先代が格別昵懇《じっこん》にせられた家柄で、死出の旅の御供にさえ立ったのだから、家中のものが羨みはしても妬みはしない。

86 作事　普請。家屋などの修理。

しかるに一種変わった跡目の処分を受けたのは、阿部弥一右衛門の遺族である。嫡子権兵衛は父の跡をそのまま継ぐことができずに、弥一右衛門が千五百石の知行は細かに割いて弟たちへも配分せられた。一族の知行を合わせてみれば、前に変わったことはないが、本家を継いだ権兵衛は、小身ものになったのである。権兵衛の肩幅の狭くなったことは言うまでもない。弟どもも一人一人の知行は増えながら、これまで千石以上の本家によって、大木の陰に立っているように思っていたのが、今は橡栗《どんぐり》の背比べになって、ありがたいようで迷惑な思いをした。

政道は地道である限りは、咎めの帰するところを問うものはない。いったん常に変わった処置があると、誰の捌《さば》きかという詮議《せんぎ》が起こる。当主の御覚えめでたく、御側去らずに勤めている大目附役[87]に、林外記《げき》というものがある。小才覚があるので、若殿様時代のお伽[88]には相応していたが、ものの大体を見ることにおいてはおよばぬところがあって、とかく苛察[89]に傾きたがる男であった。阿部弥一右衛門は故殿様のお許しを得ずに死んだのだから、真の殉死者と弥一右衛門との間には境界を付けなくてはならぬと考えた。そこで阿部家の俸禄《ほうろく》分割の策を献じた。光尚も思慮ある大名ではあったが、まだもの馴《な》れぬ時のことで、弥一右衛門や嫡子権兵衛と懇意でないために、思い遺りがなく、自分の手元に使って馴染《なじ》みのある市太夫がために加増になるというところに目を付けて、外記の言を用いたのである。

十八人の侍が殉死した時には、弥一右衛門は御側に奉公していたのに殉死しないと言って、家中のものが卑しんだ。さて僅《わず》かに二、三日を隔てて弥一右衛門は立派に切腹したが、事の当否は措《お》いて、いったん受けた侮辱は容易に消え難く、誰も弥一右衛門を褒めるものがない。上では弥一右衛門の遺骸を霊屋《おたまや》の傍らに葬ることを許したのであるから、跡目相続の上にも強いて境界を立てずにおいて、殉死者一同と同じ扱いをしてよかったのである。そうしたなら阿部一族は面目《めんぼく》を施して、挙《こぞ》って忠勤を励んだのであろう。しかるに上で一段下がった扱いをしたので、家中のものの阿部家侮蔑の念が公に認められた形になった。権兵衛兄弟は次第に傍輩に疎んぜられて、[90]快々《おうおう》として日を送った。

寛永十九年三月十七日になった。先代の殿様の一周忌である。霊屋の傍にはまだ妙《みょう》

87 **大目附役** 重役の一つ。家老・中老と同席して、政事の参議を見聞する役。88 **お伽** 主君に近侍してお相手する者。89 **苛察** 細事に立ち入ってせんさくすること。90 **快々として** 楽しまないさま。

解寺《げじ》はできていぬが、向陽院という堂宇が建って、そこに妙解院殿の位牌《いはい》が安置せられ、鏡首座という僧が住持している。忌日に先だって、紫野大徳寺の[91]天祐和尚《てんゆうおしょう》が京都から下向する。年忌の営みは晴れ晴れしいものになるらしく、一箇月ばかり前から、熊本の城下は準備に忙しかった。

いよいよ当日になった。麗《うらら》かな日和で、霊屋の傍は桜の盛りである。向陽院の周囲には幕を引き回して、歩卒が警護している。当主が自ら臨場して、まず先代の位牌に焼香し、次いで殉死者十九人の位牌に焼香する。それから殉死者遺族が許されて焼香する。同時に御紋付き上下《かみしも》、[92]同時服《じふく》を拝領する。[93]馬回り以上は[94]長上下、徒士《かち》は[95]半上下である。下々《しもじも》の者は御香奠《ごこうでん》を拝領する。

儀式は滞りなく済んだが、その間にただ一つの珍事が出来《しゅつたい》した。それは阿部権兵衛が殉死者遺族の一人として、席順によって妙解院殿の位牌の前に進んだ時、焼香をして退《の》きしなに、脇差しの小柄《こづか》を抜き取って髻《もとどり》を押し切って、位牌の前に供えたことである。この場に詰めていた侍どもも、不意の出来事に驚き呆《あき》れて、茫然《ぼうぜん》として見ていたが、権兵衛が何事もないように、自若として五、六歩退いた時、一人の侍がようよう我に返って、「阿部殿、お待ちなされい。」と呼び掛けながら、追い縋《すが》って押し止《とど》めた。続いて二、三人立ち掛かって、権兵衛を別間に連れて入った。

　権兵衛が詰衆《つめしゅう》[96]に尋ねられて答えたところはこうである。貴殿らは某《それがし》を乱心者のように思われるであろうが、全くさようなわけではない。父弥一右衛門は一生瑕瑾《かきん》のない御奉公をいたしたればこそ、故殿様のお許しを得ずに切腹しても、殉死者の列に加えられ、遺族たる某さえ他人に先だって御位牌に御焼香いたすことができたのである。しかし某は不肖にして父同様の御奉公が成り難いのを、上にも御承知と見えて、知行を割いて弟どもに御遣わしなされた。某は故殿様にも御当主にも亡き父にも一族の者どもにも傍輩にも面目がない。かように存じているうち、今日御位牌に御焼香いたす場合になり、咄嗟《とっさ》の間、感慨胸に迫り、いっそのこと武士を捨てようと決心いたした。お場所柄を顧みざるお咎めは甘んじて受ける。乱心などはいたさぬと言うのである。

　権兵衛の答えを光尚は聞いて、不快に思った。第一に権兵衛が自分に面当てがまし

91 **天祐和尚**　天祐紹杲《しょうこう》。江戸初期の臨済宗の僧、京都・大徳寺住持。一五八六―一六六六年。92 **時服**　その季節に着る衣服。93 **馬回り**　騎士（平士の対）。騎乗にて君側守護に任ずる者。94 **長上下**　肩衣《かたぎぬ》に、同じ地色の長袴《ながばかま》を添えたもの。95 **半上下**　肩衣に、同じ地色の小袴を添えたもの。目見得以下および庶人の礼服。96 **詰衆**　当直の君側の警備役。

い所行をしたのが不快である。次に自分が外記の策を入れて、しなくてもよいことをしたのが不快である。まだ二十四歳の血気の殿様で、情を抑え欲を制することが足りない。恩をもって怨《うら》みに報いる寛大の心持ちに乏しい。即座に権兵衛をおし籠《こ》[97]めさせた。それを聞いた弥五兵衛以下一族のものは門を閉じて上の御沙汰を待つことにして、夜陰に一同寄り合っては、窃《ひそ》かに一族の前途のために評議を凝らした。

阿部一族は評議の末、この度先代一周忌の法会《ほうえ》のために下向して、まだ逗留《とうりゅう》している天祐和尚に縋ることにした。市太夫は和尚の旅館に行って一部始終を話して、権兵衛に対する上の処置を軽減してもらうように頼んだ。和尚はつくづく聞いて言った。承れば御一家のお成り行き気の毒千万である。しかし上の御政道に対してかれこれ言うことはできない。ただ権兵衛殿に死を賜るとなったら、きっと御助命を願って進ぜよう。殊に権兵衛殿はすでに髻を払われてみれば、桑門《そうもん》[98]同様の身の上である。御助命だけはいかようにも申してみようと言った。市太夫は頼もしく思って帰った。一族のものは市太夫の復命を聞いて、一条の活路を得たような気がした。そのうち日がたって、天祐和尚の帰京の時が次第に近づいてきた。和尚は殿様に会って話をする度に、阿部権兵衛が助命のことを折があったら言上しようと思ったが、どうしても折がない。

それはそのはずである。光尚はこう思ったのである。天祐和尚の逗留中に権兵衛のことを沙汰したらきっと助命を請われるに違いない。大寺の和尚の言葉でみれば、等閑《なおざり》に聞き捨てることはなるまい。和尚の立つのを待って処置しようと思ったのである。とうとう和尚は空しく熊本を立ってしまった。

天祐和尚が熊本を立つや否や、光尚はすぐに阿部権兵衛を井手《い》の口[99]に引き出だして縛り首にさせた。先代の御位牌に対して不敬なことをあえてした、上を恐れぬ所行として処置せられたのである。

弥五兵衛以下一同のものは寄り集まって評議した。権兵衛の所行は不埒《ふらち》には違いない。しかし亡父弥一右衛門はとにかく殉死者のうちに数えられている。その相続人たる権兵衛でみれば、死を賜《たま》うことは是非がない。武士らしく切腹仰せ付けられれば異存はない。それに何事ぞ、奸盗《かんとう》[100]かなんぞのように、白昼に縛り首にせられた。この様

97 おし籠め　一定期間屏居《へいきょ》させて、出入りを禁ずる刑。98 桑門　僧侶。99 井手の口　刑場のあったところ。現在の熊本市中央区大江。100 奸盗　盗賊。

子で推すれば、一族のものも安穏には差し置かれまい。たとい別に御沙汰がないにしても、縛り首にせられたものの一族が、何の面目あって、傍輩に立ち交じって御奉公をしよう。この上は是非に及ばない。何事があろうとも、兄弟分かれ分かれになるなと、弥一右衛門殿の言い置かれたのはこの時のことである。一族討っ手を引き受けて、共に死ぬるほかはないと、一人の異議を唱えるものもなく決した。

阿部一族は妻子を引き纏《まと》めて、権兵衛が山崎《やまさき》[101]の屋敷に立て籠もった。穏やかならぬ一族の様子が上に聞こえた。横目[102]が偵察に出てきた。山崎の屋敷では門を厳重に閉ざして静まりかえっていた。市太夫や五太夫の宅は空き屋になっていた。

討っ手の手配りが定められた。表門は側者頭竹内数馬長政《そばものがしらたけのうちかずまながまさ》[103]が指揮役をして、それに小頭添島九兵衛《こがしらそえじまくへえ》[104]、同じく野村庄兵衛《のむらしょうべえ》が従っている。数馬は千百五十石で鉄砲組三十挺の頭である。譜第《ふだい》[105]の乙名《おとな》島徳右衛門が供をする。添島、野村は当時百石のものである。裏門の指揮役は知行五百石の側者頭高見権右衛門重政《しげまさ》で、これも鉄砲組三十挺の頭である。それに目附畑十太夫と竹内数馬の小頭で当時百石の千場《ちば》作兵衛とが従っている。

討っ手は四月二十一日に差し向けられることになった。前晩に山崎の屋敷の周囲には夜回りが付けられた。夜が更けてから侍分のものが一人覆面して、塀を内から乗り越えて出たが、[106]廻役の佐分利嘉左衛門《さぶりかざえもん》が組の足軽丸山三之丞《さんのじよう》が討ち取った。その後夜明けまで何事もなかった。

兼ねて近隣のものには沙汰があった。たとい当番[107]たりとも在宿して火の用心を怠らぬようにいたせというのが一つ。討っ手でないのに、阿部が屋敷に入り込んで手出しをすることは厳禁であるが、落人《おちうど》は勝手に討ち取れというのが二つであった。

阿部一族は討っ手の向かう日をその前日に聞き知って、まず邸内を隈なく掃除し、見苦しいものは悉《ことごと》く焼き捨てた。それから老若打ち寄って酒宴をした。それから老人や女は自殺し、幼いものは手ん手に刺し殺した。それから庭に大きい穴を掘って死骸を埋めた。後に残ったのは究竟《くつきよう》の若者ばかりである。弥五兵衛、市太夫、五太夫、七之丞の四人が指図して、障子襖《ふすま》を取り払った広間に家来を集めて、鉦《かね》太鼓を鳴らさせ、

101 **山崎** 現在の熊本市中央区山崎町。熊本城の南方、忠利の居館のあった花畑の南隣。102 **横目** 横目役。監視をする者。103 **側者頭** 月番で殿中君側の宿衛、宮門警備、行軍警衛の職に任ずる。104 **小頭** 側者頭の下にあって、侍臣を統率する副役。105 **譜第の乙名** 代々竹内家の宿老として勤仕する者。106 **廻役** 巡察。107 **当番** 城中警衛の宿直番。

高声に念仏をさせて夜の明けるのを待った。これは老人や妻子を弔うためだとは言ったが、実は下人どもに臆病の念を起こさせぬ用心であった。

阿部一族の立て籠もった山崎の屋敷は、後に斎藤勘助の住んだところで、向かいは山中又左衛門、左右両隣は柄本《つかもと》又七郎、平山三郎の住まいであった。

このうちで柄本が家は、もと天草郡を三分して領していた柄本、天草、志岐《しき》の三家の一つである。108小西行長《ゆきなが》が肥後半国を治めていた時、天草、志岐は罪を犯して誅《ちゅう》せられ、柄本だけが残っていて、細川家に仕えた。

又七郎は平生阿部弥一右衛門が一家と心安くして、主人同士はもとより、妻女までも互いに往来していた。中にも弥一右衛門の二男弥五兵衛は鎗が得意で、又七郎も同じ技を嗜《たしな》むところから、親しい中で広言をし合って、「お手前が上手でも某には愜《かな》うまい。」「いや某がなんでお手前に負けよう。」などと言っていた。

そこで先代の殿様の病中に、弥一右衛門が殉死を願って許されぬと聞いた時から、又七郎は弥一右衛門の胸中を察して気の毒がった。それから弥一右衛門の追い腹、家督相続人権兵衛の向陽院での振る舞い、それが基になっての死刑、弥五兵衛以下一族の立て籠もりという順序に、阿部家がだんだん否運に傾いてきたので、又七郎は親身のものにも劣らぬ心痛をした。

ある日又七郎が女房に言い付けて、夜更けてから阿部の屋敷へ見舞いに遣った。阿部一族は上に叛《そむ》いて籠城めいたことをしているから、男同士は交通することができない。しかるに最初からの行き掛かりを知っていてみれば、一族のものを悪人として憎むことはできない。ましてや年来懇意にした間柄である。婦女の身として密《ひそ》かに見舞うのは、よしや後日に発覚したとて申し訳の立たぬことでもあるまいという考えで、見舞いには遣ったのである。女房は夫の言葉を聞いて、喜んで心尽くしの品を取り揃えて、夜更けて隣へおとずれた。これもなかなか気丈な女で、もし後日に発覚したら、罪を自身に引き受けて、夫に迷惑は掛けまいと思ったのである。

阿部一族の喜びは非常であった。世間は花咲き鳥歌う春であるのに、不幸にして神仏にも人間にも見放されて、かく籠居している我々である。それを見舞うてやれというう夫も夫、その言い付けを守って来てくれる妻も妻、実にありがたい心掛けだと、心

108　小西行長　戦国時代から安土桃山時代の武将。?―一六〇〇年。肥後国宇土城主で、キリシタン大名。

から感じた。女たちは涙を流して、こうなり果てて死ぬるからは、世の中に誰一人菩提を弔うてくれるものもあるまい、どうぞ思い出したら、一遍の回向をしてもらいたいと頼んだ。子供たちは門外へ一足も出されぬので、不断優しくしてくれた柄本の女房を見て、右左から取り縋って、たやすく放して帰さなかった。

阿部の屋敷へ討っ手の向かう前晩になった。柄本又七郎はつくづく考えた。阿部一族は自分とは親しい間柄である。それで後日の咎めもあろうかとは思いながら、女房を見舞いにまで遣った。しかしいよいよ明朝は上の討っ手が阿部家へ来る。これは逆賊を征伐せられるお上の軍《いくさ》も同じことである。御沙汰には火の用心をせい、手出しをするなと言ってあるが、武士たるものがこの場合に懐手をして見ていられたものではない。情けは情け、義は義である。俺にはせんようがあると考えた。そこで更闌《こうた》[109]けて抜き足をして、後ろ口から薄暗い庭へ出て、阿部家との境の竹垣の結び縄を悉く切っておいた。それから帰って身支度をして、[110]長押《なげし》に懸けた手槍《てやり》を下ろし、鷹の羽の紋の付いた鞘《さや》を払って、夜の明けるのを待っていた。

討っ手として阿部の屋敷の表門に向かうことになった竹内数馬は、武道の誉れある家に生まれたものである。先祖は細川高国の手に属して、強弓《ごうきゅう》の名を得た島村弾正《だんじょう》貴則《たかのり》である。[111]享禄《きょうろく》四年に高国が摂津国尼崎《せっつのくにあまがさき》に敗れた時、弾正は敵二人を両脇に挟んで海に飛び込んで死んだ。弾正の子市兵衛は河内の八隅《やすみ》家に仕えて一時八隅と称したが、[112]竹内越《たけうちごえ》を領することになって、竹内《たけのうち》と改めた。竹内市兵衛の子吉兵衛は小西行長に仕えて、[113]紀伊国《きいのくに》太田の城を水攻めにした時の功で、豊臣太閤に[114]白練りに朱の日の丸の[115]陣羽織を貰った。朝鮮征伐の時には小西家の人質として、[116]李《り》王宮に三年押し籠められていた。小西家が滅びてから、加藤清正に千石で召し出されていたが、主君と物争いをして白昼に熊本城下を立ち退いた。加藤家の討っ手に備えるために、鉄砲に玉を籠め、火縄に火を着けて持たせて退いた。それを[117]三斎が豊前《ぶぜん》で千石に召し抱えた。この吉兵衛に五人の男子があった。長男はやはり吉兵衛と名乗ったが、後剃髪《ていはつ》して八隅見山《やすみけんざん》と

109 **更闌けて**　夜更けて。110 **長押**　装飾として壁に取り付ける横木で、柱から柱へ渡すもの。111 **享禄四年**　一五三一年。112 **竹内越**　奈良県葛城《かつらぎ》市と大阪府南河内《かわち》郡太子町との間、二上山《にじょうざん》の南方を越える山路で、大和・河内をつなぐ要衝。113 **紀伊国太田の城**　現在の和歌山県和歌山市内に古城趾《じょうし》がある。114 **白練り**　白地の練り絹。115 **陣羽織**　陣中で鎧《よろい》・具足の上に着る袖なしの羽織。116 **李王宮**　京城（現在のソウル）にあった、当時の朝鮮国王宣祖（在位、一五六七—一六〇八年）の王宮。117 **三斎が豊前で**　当時、三斎忠興は豊前（現在の福岡県東部から大分県北部）小倉城主であった。

言った。二男は七郎右衛門、三男は次郎太夫、四男は八兵衛、五男がすなわち数馬である。

　数馬は忠利の児小姓を勤めて、島原征伐の時殿様の側にいた。寛永十五年二月二十五日細川の手のものが城を乗り取ろうとした時、数馬が「どうぞお先手《さきて》[118]へお遣わし下されい。」と忠利に願った。忠利は聴かなかった。押し返してねだるように願うと、忠利が立腹して、「小倅《こせがれ》、勝手にうせおれ。」と叫んだ。数馬はその時十六歳である。「あっ。」と言いさま駆け出すのを見送って、忠利が「怪我《けが》をするなよ。」と声を掛けた。乙名島徳右衛門、草履取り一人、槍持ち一人が後から続いた。主従四人である。城から打ち出す鉄砲が激しいので、島が数馬の着ていた猩々緋《しょうじょうひ》[119]の陣羽織の裾を摑《つか》んで後へ引いた。数馬は振り切って城の石垣に攀《よ》じ登る。島も是非なく付いて登る。とうとう城内に入って働いて、数馬は手を負った。同じ場所から攻め入った柳川《やながわ》[120]の立花《たちばな》飛騨守宗茂《ひだのかみむねしげ》は七十二歳の古武者《ふるつわもの》で、この時の働き振りを見ていたが、渡辺新弥《わたなべしんや》、仲光《なかみつ》内膳と数馬との三人があっぱれであったと言って、三人へ連名の感状[121]を遣った。落城の後、忠利は数馬に関兼光《かねみつ》[122]の脇差しを遣って、禄を千百五十石に加増した。脇差しは[123]一尺八寸、直焼《すぐや》[124]き無銘[125]、横鑢《よこやすり》[126]、銀の九曜《くよう》[127]の三並びの目貫《ぬ》き、赤銅縁《しゃくどうぶち》[128]、金拵《きんごしら》えである。目貫きの穴は二つあって、一つは鉛で埋めてあった。忠利はこの脇差しを秘蔵していたので、数馬に遣ってからも、登城の時などには、「数馬あの脇差しを貸せ。」と言って、借りて差したことも度々ある。

光尚に阿部の討っ手を言い付けられて、数馬が喜んで詰め所へ下がると、傍輩の一人が囁いた。

[129]「奸物《かんぶつ》にも取り柄はある。おぬしに表門の采配を振らせるとは、林殿にしてはよくできた。」

数馬は耳を欹《そばだ》てた。「なにこの度のお役目は外記が申し上げて仰せ付けられたの

---

118 **先手** 先鋒《せんぽう》。 119 **猩々緋** 濃くて鮮やかな紅色に染めた、舶来の毛織物。 120 **柳川** 現在の福岡県柳川市。 121 **感状** 軍陣の功績に対して与えられる文書。 122 **関兼光** 鎌倉末期・南北朝時代の備前（現在の岡山県）の刀工。 123 **一尺八寸** 「尺」「寸」は長さの単位。一尺は、約三〇センチメートル。一寸は、その一〇分の一。 124 **直焼き** 刀の焼き名。肌理《きめ》をまっすぐに現すもの。乱れ焼き等に対していう。 125 **無銘** 「銘」は、茎《なかご》に切った刀剣の作者名。 126 **横鑢** 茎を仕上げた鑢目が、刀身に対して水平に切ってあるもの。筋違い、鷹の羽等に対していう。 127 **銀の九曜の三並びの目貫き** 「目貫き」は、刀の柄を抜けないように刀身に貫く金具で、装飾を兼ねる。「銀の九曜の三並び」は、目貫きに銀金具を用い、それに日・月・火・水・木・金・土・羅睺《らごう》・計都《けいと》の九曜星にかたどった三組の紋を装飾に配してあること。 128 **赤銅縁、金拵え** 「赤銅」は銅と金の合金。刀の外装を黄金の金具で装飾し、赤銅で縁どってあること。 129 **奸物** よこしまな知恵にたけた人物。

か。」

「そうじゃ。外記殿が殿様に言われた。数馬は御先代が出格のお取り立てをなされたものじゃ。御恩報じにあれをお遣りなされいと言われた。物怪《もつけ》の幸いではないか。」

「ふん。」と言った数馬の眉間には、深い皺《しわ》が刻まれた。「よいわ。討ち死にするまでのことじゃ。」こう言い放って、数馬はついと立って館を下がった。

この時の数馬の様子を光尚が聞いて、竹内の屋敷へ使いを遣って、「怪我をせぬように、首尾よくいたして参れ。」と言わせた。数馬は「ありがたいお言葉を確かに承ったと申し上げて下されい。」と言った。

数馬は傍輩の口から、外記が自分を推してこの度の役に当たらせたのだと聞くや否や、即時に討ち死にをしようと決心した。それがどうしても動かすことのできぬほど堅固な決心であった。外記は御恩報じをさせると言ったということである。この言葉は図らず聞いたのであるが、実は聞くまでもない、外記が薦めるには、そう言って薦めるに決まっている。こう思うと、数馬は立っても座ってもいられぬような気がする。自分は御先代の引き立てを蒙ったには違いない。しかし元服をしてから後の自分は、いわば大勢の近習《きんじゅ》のうちの一人で、別に出色のお扱いを受けてはいない。御恩には誰も浴している。御恩報じを自分に限ってしなくてはならぬというのは、どういう意味か。言うまでもない、自分は殉死するはずであったのに、殉死しなかったから、命掛けの場所に遣るというのである。命はいつでも喜んで捨てるが、前《さき》にしおくれた殉死の代わりに死のうとは思わない。今命を惜しまぬ自分が、なんで御先代の中陰の果ての日に命を惜しんだであろう。いわれのないことである。畢竟《ひっきょう》どれだけの御昵懇になった人が殉死するという、はっきりした境はない。同じように勤めていた御近習の若侍のうちに殉死の沙汰がないので、自分もながらえていた。殉死してよいことなら、自分は誰よりも先にする。それほどのことは誰の目にも見えているように思っていた。それに疾うにするはずの殉死をせずにいた人間として極印《ごくいん》[130]を打たれたのは、かえすがえすも口惜しい。自分は雪《すす》ぐことのできぬ汚れを身に受けた。それほどの恥を人に加えることは、あの外記でなくてはできまい。外記としてはさもあることである。しかし殿様がなぜそれをお聴き入れになったか。外記に傷つけられたのは忍ぶことも

130　極印を打たれた　きわめをつけられた。はっきりと品評された。「極印」は、貨幣・器物等の品質証明のために打記する印。

できよう。殿様に捨てられたのは忍ぶことができない。島原で城に乗り入ろうとした時、御先代がお呼び止めなされた。それはお馬回りのものがわざと先手に加わるのをお止めなされたのである。この度御当主の怪我をするなと仰しゃるのは、それとは違う。惜しい命をいたわれと仰しゃるのである。それがなんのありがたかろう。古い創《きず》の上を新たに鞭《むち》うたれるようなものである。ただ一刻も早く死にたい。死んで雪がれる汚れではないが、死にたい。犬死にでもよいから、死にたい。

数馬はこう思うと、矢も盾も溜《た》まらない。そこで妻子には阿部の討っ手を仰せ付けられたとだけ、手短に言い聞かせて、一人ひたすら支度を急いだ。殉死した人たちは皆安堵《あんど》して死に就くという心持ちでいたのに、数馬が心持ちは苦痛を逃れるために死を急ぐのである。乙名島徳右衛門が事情を察して、主人と同じ決心をした外には、一家のうちに数馬の心底を汲《く》み知ったものがない。今年二十一（二十）歳になる数馬のところへ、去年来たばかりのまだ娘らしい女房は、当歳の女の子を抱いてうろうろしているばかりである。

あすは討ち入りという四月二十日の夜、数馬は行水を使って、月題《さかやき》[131]を剃って、髪には忠利に拝領した名香初音を焚《た》き込めた。白無垢《しろむく》[132]に白襷《しろだすき》、白鉢巻きをして、肩に合い[133]

印の角取り紙を付けた。腰に帯びた刀は二尺四寸五分の正盛《まさもり》[134]で、先祖島村弾正が尼崎で討ち死にした時、故郷に送った記念《かたみ》である。それに初陣《ういじん》の時拝領した兼光を差し添えた。門口には馬が嘶《いなな》いている。

手槍を取って庭に降り立つ時、数馬は草鞋《わらじ》の緒を男結び[135]にして、余った緒を小刀で切って捨てた。

阿部の屋敷の裏門に向かうことになった高見権右衛門は元和田氏で、近江国《おうみのくに》和田[136]に住んだ和田但馬守《たじまのかみ》の裔《すえ》である。初め蒲生《がもう》賢秀《かたひで》に従っていたが、和田庄五郎の代に細川家に仕えた。庄五郎は岐阜《ぎふ》、関ケ原《せきがはら》の戦《いくさ》[137]に功のあったものである。忠利の兄与一郎忠《ただ》隆《たか》の下に付いていたので、忠隆が慶長五年大坂で妻前田氏の早く落ち延びたために父

131 **月題**　中世末期以後、成人男子が前額部から頭上にかけて髪をそり上げたこと。132 **白無垢**　上着・下着ともに白色の衣服。133 **合い印の角取り紙**　味方識別のための紙標とするもので、方形の四隅を切りそいだ形に紙を折って作った。134 **正盛**　戦国時代の備後《びんご》国（現在の広島県東部）三原住の刀工。135 **男結び**　右の端を左の下に回して返した輪に、左の端を通して結ぶもの。女結びが左から始めるのに対する。136 **近江国和田**　現在の滋賀《しが》県甲賀市甲賀町和田。137 **関ケ原の戦**　一六〇〇年、徳川家康《いえやす》が率いる東軍と石田三成《みつなり》が率いる西軍が、関ケ原（現在の岐《ぎ》阜《ふ》県南西端）で戦った合戦。

の[138]勘気を受け、入道休無となって流浪した時、高野《こうや》山《さん》や京都まで供をした。それを三斎が小倉へ呼び寄せて、高見氏を名乗らせ、[139]番頭《ばんがしら》にした。知行五百石であった。庄五郎の子が権右衛門である。島原の戦に功があったが、軍令に背いた廉《かど》で、いったん役を召し上げられた。それが暫くしてから帰参して側者頭《そばものがしら》になっていたのである。権右衛門は討ち入りの支度の時黒羽二重の紋付きを着て、兼ねて秘蔵していた[140]備前長船《おさふね》の刀を取り出して帯びた。そして[141]十文字の槍を持って出た。

竹内数馬の手に島徳右衛門がいるように、高見権右衛門は一人の小姓を連れている。阿部一族のことのあった二、三年前の夏の日に、この小姓は非番で部屋に昼寝をしていた。そこへ相役の一人が供先から帰って真っ裸になって、手《て》桶《おけ》を提げて井戸へ水を汲みにいき掛けたが、ふとこの小姓の寝ているのを見て、「俺がお供から帰ったに、水も汲んでくれずに寝ておるかい。」と言いざまに枕を蹴った。小姓は跳ね起きた。

「なるほど。目が覚めておったら、水も汲んでやろう。じゃが枕を足蹴にするということがあるか。このままには済まんぞ。」こう言って抜き打ちに相役を大袈《おおげ》裟《さ》に切った。

小姓は静かに相役の胸の上に跨《また》がって止めを刺して、乙名の小屋へ行って仔《し》細《さい》を話した。「即座に死ぬるはずでございましたが、御不審もあろうかと存じまして。」と、肌を脱いで切腹しようとした。乙名が「まず待て。」と言って権右衛門に告げた。権右衛門はまだ役所から下がって、衣服も改めずにいたので、そのまま館へ出て忠利に申し上げた。忠利は「もっとものことじゃ。切腹にはおよばぬ。」と言った。この時から小姓は権右衛門に命を捧げて奉公しているのである。

小姓は[142]箙《えびら》を負い半弓[143]を取って、主の傍らに引き添った。

寛永十九年四月二十一日は[144]麦秋《むぎあき》によくある薄曇りの日であった。

阿部一族の立て籠もっている山崎の屋敷に討ち入ろうとして、竹内数馬の手のものは払暁に表門の前に来た。夜通し鉦太鼓を鳴らしていた屋敷の内が、今はひっそりとして空き屋かと思われるほどである。門の扉は閉ざしてある。板塀の上に二、三尺伸びている[145]夾竹桃《きょうちくとう》の木末《うら》には、[146]蜘《くも》のいが掛かっていて、それに夜露が真珠のように光っ

138 **勘気**　とがめ。139 **番頭**　城中を交替で宿直警衛する番兵の長。140 **備前長船**　備前国（現在の岡山県南東部）長船の刀工正恒《まさつね》一派の鍛えた刀。細身で反りが強い。141 **十文字の槍**　穂先が十文字形になった槍。142 **箙**　矢を盛って背中に負う器。143 **半弓**　大弓に対して短い弓をいう。144 **麦秋**　麦の取り入れ時。陰暦四月の異称。145 **夾竹桃**　キョウチクトウ科の常緑大低木。146 **蜘のい**　くもの糸。「い」は網。

ている。燕《つばめ》が一羽どこからか飛んできて、つと塀の内に入った。

数馬は馬を乗り放って降り立って、暫く様子を見ていたが、「門を開けい。」と言った。足軽が二人塀を乗り越して内に入った。門の周りには敵は一人もいないので、錠前を打ちこわして貫の木を抜いた。

隣家の柄本又七郎は数馬の手のものが門を開ける物音を聞いて、前夜結び縄を切っておいた竹垣を踏み破って、駆け込んだ。毎日のように行き来して、隅々まで案内を知っている家である。手槍を構えて台所の口から、つと入った。座敷の戸を締め切って、籠み入る討っ手のものを一人一人討ち取ろうとして控えていた一族の中で、裏口に人のけはいのするのに、まず気の付いたのは弥五兵衛である。これも手槍を提げて台所へ見に出た。

二人は槍の穂先と穂先とが触れ合うほどに相対した。「や、又七郎か。」と、弥五兵衛が声を掛けた。

「おう。かねての広言がある。おぬしが槍の手並みを見にきた。」

「[147]ようわせた。さあ。」

二人は一歩しざって槍を交えた。暫く戦ったが、槍術は又七郎のほうが優れていたので、弥五兵衛の胸板をしたたかに突き抜いた。弥五兵衛は槍をからりと捨てて、座敷のほうへ引こうとした。

「卑怯《ひきよう》じゃ。引くな。」又七郎が叫んだ。

「いや逃げはせぬ。腹を切るのじゃ。」言い捨てて座敷に入った。

その刹那に「おじ様、お相手。」と叫んで、前髪の七之丞が電光のごとくに飛んで出て、又七郎の太股《ふともも》を突いた。昵懇の弥五兵衛に深手を負わせて、覚えず気が弛んでいたので、手錬《てだれ》の又七郎も少年の手に掛かったのである。又七郎は槍を捨ててその場に倒れた。

数馬は門内に入って人数を屋敷の隅々に配った。さて真っ先に玄関に進んでみると、正面の板戸が細目に開けてある。数馬がその戸に手を掛けようとすると、島徳右衛門が押し隔てて、言葉せわしく囁いた。

「お待ちなさりませ。殿は今日の総大将じゃ。某が[148]お先をいたします。」

147 ようわせた　よくおいでになった。「わす」は「おわす」の略で、「来る」の尊敬語。　148 お先をいたします　先鋒の役をいたします。

徳右衛門は戸をがらりと開けて飛び込んだ。待ち構えていた市太夫の槍に、徳右衛門は右の目を突かれてよろよろと数馬に倒れ掛かった。

「邪魔じゃ。」数馬は徳右衛門を押し退けて進んだ。市太夫、五太夫の槍が左右のひ 149
はらを突き抜いた。

添島九兵衛、野村庄兵衛が続いて駆け込んだ。徳右衛門も痛手に屈せず取って返した。

この時裏門を押し破って入った高見権右衛門は十文字槍を振るって、阿部の家来どもを突きまくって座敷に来た。千場《ちば》作兵衛も続いて籠み入った。

裏表二手のものどもが入り違えて、おめき叫んで突いてくる。障子襖は取り払ってあっても、三十畳に足らぬ座敷である。市街戦の惨状が野戦より甚だしいと同じ道理で、皿に盛られた百虫の相啖《あいくら》うにも譬《たと》えつべく、目も当てられぬ有様である。

市太夫、五太夫は相手嫌わず槍を交えているうち、全身に数えられぬほどの創を受けた。それでも屈せずに、槍を捨てて刀を抜いて切り回っている。七之丞はいつの間にか倒れている。

太股を突かれた柄本又七郎が台所に伏していると、高見の手のものが見て、「手をお負いなされたな、お見事じゃ、早うお引きなされい。」と言って、奥へ通り抜けた。「引く足があれば、わしも奥へ入るが。」と、又七郎は苦々しげに言って歯咬《はが》みをした。そこへ主の後を慕って入り込んだ家来の一人が駆け付けて、肩に掛けて退いた。

今一人の柄本家の被官[150]天草平九郎というものは、主の退き口[151]を守って、半弓をもって目に掛かる敵を射ていたが、その場で討ち死にした。

竹内数馬の手では島徳右衛門がまず死んで、ついで小頭添島九兵衛が死んだ。

高見権右衛門が十文字槍を振るって働く間、半弓を持った小姓はいつも槍脇[152]を詰めて敵を射ていたが、後には刀を抜いて切って回った。ふと見れば鉄砲で権右衛門をねらっているものがある。

「あの弾はわたくしが受け止めます。」と言って、小姓が権右衛門の前に立つと、弾が来て当たった。小姓は即死した。竹内の組から抜いて高見に付けられた小頭千場作兵衛は重手《おもで》を負って台所に出て、水瓶の水を飲んだが、そのままそこにへたばってい

149 ひはら　脇腹。150 被官　家来。151 退き口　戦場を引き上げて退却しようとする時。152 槍脇を詰めて　主人の槍を振るうすぐそばにいて。

た。

阿部一族は最初に弥五兵衛が切腹して、市太夫、五太夫、七之丞はとうとう皆深手に息が切れた。家来も多くは討ち死にした。

高見権右衛門は裏表の人数を集めて、阿部が屋敷の裏手にあった物置き小屋を崩させて、それに火を掛けた。風のない日の薄曇りの空に、煙がまっすぐに昇って、遠方から見えた。それから火を踏み消して、跡を水でしめして引き上げた。台所にいた千場作兵衛、その外重手を負ったものは家来や傍輩が肩に掛けて続いた。時刻はちょうど[153]未《ひつじ》の刻であった。

光尚は度々家中の主立ったものの家へ遊びにいくことがあったが、阿部一族を討ちにやった二十一日の日には、松野左京の屋敷へ払暁から出掛けた。

館のあるお花畠からは、山崎はすぐ向こうになっているので、光尚が館を出る時、阿部の屋敷の方角に人声物音がするのが聞こえた。

「今討ち入ったな。」と言って、光尚は[154]駕籠《かご》に乗った。

駕籠がようよう一町ばかり行った時、注進があった。竹内数馬が討ち死にをしたことは、この時分かった。

高見権右衛門は討っ手の総勢を率いて、光尚のいる松野の屋敷の前まで引き上げて、阿部の一族を残らず討ち取ったことを[155]執奏してもらった。光尚はじきに会おうと言って、権右衛門を[156]書院の庭に回らせた。

ちょうど[157]卯《う》の花の真っ白に咲いている垣の間に、小さい[158]枝《し》折り戸のあるのを開けて入って、権右衛門は芝生の上に[159]突い居た。光尚が見て、「手を負ったな、一段骨折りであった。」と声を掛けた。黒羽二重の衣服が血みどれになって、それに引き上げの時小屋の火を踏み消した時飛び散った炭や灰がまだらに付いていたのである。

「いえ。かすり創でございまする。」権右衛門は何者かに[160]水落ちをしたたか突かれたが懐中していた鏡に当たって穂先がそれた。創は僅かに血を鼻紙ににじませただけである。

権右衛門は討ち入りの時の銘々の働きを詳しく言上して、第一の功を単身で弥五兵

153 **未の刻**　午後二時頃。154 **注進**　急ぎの報告。155 **執奏**　取り次いで奏聞すること。156 **書院**　武家屋敷の客間。157 **卯の花**　ウツギの白い花。また、ウツギの別名。158 **枝折り戸**　柴《しば》や竹などを折りかけて作った戸。159 **突い居た**　かしこまった。平伏した。160 **水落ち**　胸の中央のへこんだ部分。みぞおち。

衛に深手を負わせた隣家の柄本又七郎に譲った。

「数馬はどうじゃった。」

「表門から一足先に駆け込みましたので見届けません。」

「さようか。皆のものに庭へ入れと言え。」

権右衛門が一同を呼び入れた。重手で自宅へ舁《か》いていかれた人たちの外は、皆芝生に平伏した。働いたものは血によごれている。小屋を焼く手伝いばかりしたものは、灰ばかりあびている。その灰ばかりあびた中に、畑十太夫がいた。光尚が声を掛けた。

「十太夫、そちの働きはどうじゃった。」

「はっ。」と言ったぎり黙って伏していた。十太夫は大兵の臆病者で、阿部が屋敷の外をうろついていて、引き上げの前に小屋に火を掛けた時、やっとおずおず入ったのである。最初討っ手を仰せ付けられた時に、[161]お次へ出るところを[162]剣術者新免武蔵《むさし》が見て、「[163]冥加至極のことじゃ、ずいぶんお手柄をなされい。」と言って背中をぽんと打った。十太夫は色を失って、弛んでいた袴《はかま》の紐《ひも》を締め直そうとしたが、手が震えて締まらなかったそうである。

光尚は座を立つ時言った。「皆出精であったぞ。帰って休息いたせ。」

竹内数馬の幼い娘には養子をさせて家督相続を許されたが、この家は後に絶えた。

高見権右衛門は三百石、千場作兵衛、野村庄兵衛は各五十石の加増を受けた。柄本又七郎へは[164]米田《よねだ》監物《けんもつ》が承って組頭谷内蔵之允《くらのすけ》を使者に遣って、褒め言葉があった。親戚朋友がよろこびを言いにくると、又七郎は笑って、「[165]元亀《げんき》・天正の頃は、[166]城攻め・野合わせが朝夕の飯同様であった、阿部一族討ち取りなぞは[167]茶の子の茶の子の朝茶の子じゃ。」と言った。二年たって、正保元年の夏、又七郎は創が癒えて光尚に拝謁した。光尚は鉄砲十挺を預けて、「創が根治するように湯治がしたくばいたせ、また[168]府外に別荘地を遣わすから、場所を望め。」と言った。又七郎は益城《ましき》小池村に屋敷地を貰った。その背後が藪山《やぶやま》である。「藪山も遣わそうか。」と、光尚が言わせた。又七郎はそれを辞退した。竹は平日も御用に立つ。戦争でもあると、竹束がたくさんいる。それ

---

161 お次　次の間。162 新免武蔵　宮本武蔵。剣術二天一流の祖。一五八四―一六四五年。本姓は新免。のち母方の姓を取って宮本と名乗る。163 冥加至極のこと　神仏の加護による、きわめてありがたい幸せ。164 米田監物　家老職。165 元亀・天正　「元亀」は、一五七〇―七三年。「天正」は、一五七三―九二年。いずれも、戦国時代。

166 城攻め・野合わせ　攻城戦と野戦。167 茶の子　朝食前の小食。早朝の茶漬け飯。物事の容易なことをいう。

168 府外　熊本の城下町外。

を私に拝領しては気が済まぬというのである。そこで藪山は永代御預けということになった。

畑十太夫は追放せられた。竹内数馬の兄八兵衛は私に討っ手に加わりながら、弟の討ち死にの場所に居合わせなかったので、閉門を仰せ付けられた。また馬回りの子で近習を勤めていた某は、阿部の屋敷に近く住まっていたので、「火の用心をいたせ。」と言って当番を許され、父といっしょに屋根に上がって火の子を消していた。後にせっかく当番を許された思《おぼ》し召しに背いたと心付いてお暇を願ったが、光尚は「そりゃ臆病ではない、以後はも少し気を付けるがよいぞ。」と言って、そのまま勤めさせた。この近習は光尚の亡くなった時殉死した。

阿部一族の死骸は井手の口に引き出して、吟味せられた。白川で一人一人の創を洗ってみた時、柄本又七郎の槍に胸板を突き抜かれた弥五兵衛の創は、誰の受けた創よりも立派であったので、又七郎はいよいよ面目を施した。

サフラン

発表——一九一四（大正三）年
高校国語教科書初出——一九六三（昭和三八）年

大日本図書『高等学校現代国語 一』

名を聞いて人を知らぬということが随分ある。人ばかりではない。すべての物にある。

私は子供の時から本が好きだと言われた。少年の読む雑誌もなければ、巌谷《いわや》小波《さざなみ》[1]君のお伽話《とぎばなし》もない時代に生まれたので、お祖母《ばあ》[2]さまがおよめ入りの時に持ってこられたという百人一首やら、お祖父《じい》[3]さまが義太夫[4]を語られた時の記念に残っている浄瑠璃《じようるり》本やら、謡曲[5]の筋書きをした絵本やら、そんなものをあるに任せて見ていて、凧《たこ》というものを揚げない、独楽《こま》というものを回さない。隣家の子供との間に何らの心的接触も成り立たない。そこでいよいよ本に読み耽《ふけ》って、器に塵《ちり》の付くように、いろいろの物

1　**巌谷小波**　児童文学者。一八七〇―一九三三年。最も早く創作童話を発表し、お伽話の口演にも力を注いだ。
2　**お祖母さま**　森清子。一八一九―一九〇六年。長門《ながと》国（現在の山口県西部）の郷士、木島又右衛門《またえもん》の娘。
3　**お祖父さま**　森玄仙。？―一八六一年。のちに白仙。石見《いわみ》国（現在の島根県）津和野藩の典医、森秀庵の養子となり、家職を継いだ。　4　**義太夫**　浄瑠璃の流派名。竹本義太夫が一六八四年に大坂で創始した。浄瑠璃は、太夫と三味線が義太夫節で語り、人形遣いが人形を操る音楽劇。　5　**謡曲**　能楽に合わせてうたう、うたいもの。

の名が記憶に残る。そんなふうで名を知って物を知らぬ片羽になった。たいていの物の名がそうである。植物の名もそうである。

[6]父はいわゆる蘭医である。オランダ語を教えてやろうと言われるので、早くから少しずつ習った。[7]文典というものを読む。それに前後編があって、前編は語を説明し、後編は文を説明してある。それを読んでいた時字書を貸してもらった。蘭和対訳の二冊もので、大きい厚い和本である。それを引っ繰り返して見ているうちに、[8]サフランという語に撞着《どうちゃく》した。まだ[9]『植学啓原』などという本の行われた時代の字書だから、[10]音訳に漢字が当て嵌《は》めてある。今でもその字を記憶しているから、ここに書いてもいいが、サフランと三字に書いてある初めの字は、所詮《しょせん》活字にはあり合わせまい。よって[11]偏旁《へんぼう》を分けて説明する。「水」の偏に「自」の字である。次が「夫」の字、また次が「藍」の字である。

「お父《と》っさん。サフラン、草の名としてありますが、どんな草ですか。」

「花を取って干して物に色を付ける草だよ。見せてやろう。」

父は薬箪笥《だんす》の抽斗《ひきだし》から、ちぢれたような、黒ずんだ物を出してみせた。父も生の花は見たことがなかったかも知れない。私にはたまたま名ばかりでなくて物が見られても、干物しか見られなかった。これが私のサフランを見た初めてである。

二、三年前であった。汽車で上野に着いて、人力車を雇って団子坂[12]へ帰る途中、東[13]照宮の石壇の下から、薄暗い花園町に掛かる時、道端に筵《むしろ》を敷いて、球根からすぐに紫の花の咲いた草を並べて売っているのを見た。子供から半老人になるまでの間に、サフランに対する知識はあまり進んではいなかったが、図譜で生の花の形だけは知っていたので、「おや、サフランだな。」と思った。花卉《かき》として東京でいつ頃から弄ばれているか知らない。とにかくサフランを売る人があるということだけ、この時初めて知った。

この旅はどこへ行った旅であったか知らぬが、朝旅宿を立ったのは霜の朝であった。

6 **父** 森静泰《せいたい》。一八三六―九六年。周防《すおう》国（現在の山口県東部）の人。津和野にオランダ医学の修業に来て白仙に知られ、峰子《みねこ》（白仙の一人娘）と結婚した。 7 **文典** 文法や語法を説明した書物。鷗外は、八歳の頃からオランダ語を学び始めた。 8 **サフラン** アヤメ科の多年草。雌《め》しべを乾燥させ、香辛料、生薬、染料として使用する。地下に球茎があり、一〇―一一月に淡紫色の花を開く。［オランダ語］saffraan 9 **『植学啓原』** 植物書、全三巻。宇田川榕庵《ようあん》著、一八三四年刊。 10 **音訳** 漢字の音を借りて、外国語の音を表すこと。 11 **偏旁** 漢字のへんとつくり。 12 **団子坂** 東京都文京区千駄木にある坂。当時、鷗外の自宅の観潮楼があった。 13 **東照宮** 上野東照宮。

サフラン

もう温室の外にはあらゆる花という花がなくなっている頃のことである。山茶花《さざんか》[14]も茶[15]の花もない頃のことである。

サフランにも種類が多いということは、これもいつやら何かで読んだが、私の見たサフランはひどく遅く咲く花である。しかし極端は相接触する。ひどく早く咲く花だとも言われる。水仙[16]よりも、ヒヤシント[17]よりも早く咲く花だとも言われる。

去年の十二月であった。白山下の花屋の店に、二銭の正札付きでサフランの花が二、三十、干からびた球根から咲き出たのが並べてあった。私は散歩の足を止めて、球根を二つ買って持って帰った。サフランをわが物としたのはこの時である。私は店の爺《じい》さんに問うてみた。

「爺さん。これは土に生けておいたら、また花が咲くだろうか。」

「ええ。よく増える奴《やつ》で、来年は十くらいになりますさあ。」

「そうかい。」

私は買って帰って、土鉢に少しばかり庭の土を入れて、それを埋めて書斎に置いた。花は二、三日で萎《しお》れた。鉢の上には袂屑《たもとくず》[18]のような室内の塵《ちり》が一面に被《かぶ》さった。私は久しく目にも留めずにいた。

すると今年の一月になってから、緑の糸のような葉が群がって出た。水もやらずにおいたのに、活気に満ちた、青々とした葉が群がって出た。物の生ずる力は驚くべきものである。あらゆる抵抗に打ち勝って生じ、伸びる。定めて花屋の爺さんの言ったように、だんだん球根も増えることだろう。

硝子《ガラス》戸の外には、霜雪を凌《しの》いで福寿草[19]の黄いろい花が咲いた。ヒアシントや貝母《ばいも》[20]も花壇の土を裂いて葉を出しはじめた。書斎の内にはサフランの鉢が相変わらず青々としている。

鉢の土は袂屑のような塵に覆われているが、その青々とした色を見れば、無情な主人も折々水くらいやらずにはいられない。これは目を楽しましめようとするEgoismus[21] であろうか。それとも私なしに外物を愛する Altruismus[22] であろうか。人間のすることの動機は縦横に交錯して伸びるサフランの葉のごとく容易には自分にも分

14 山茶花　ツバキ科の常緑小高木。晩秋に白い花をつける。15 茶　ツバキ科の常緑低木。秋に白い花をつける。
16 水仙　ヒガンバナ科の多年草。早春に白や黄色の花をつける。17 ヒヤシント　ユリ科の多年草。春に青紫・紅・白などの花をつける。ヒヤシンス。［フランス語］hyacinthe　18 袂屑　和服の袂の底に自然とたまるごみ。
19 福寿草　キンポウゲ科の多年草。早春に黄色い花を一個開く。20 貝母　アミガサユリ。ユリ科の多年草。春に薄い黄緑色の花をつける。21 Egoismus　利己主義。［ドイツ語］　22 Altruismus　利他主義。［ドイツ語］

からない。それを強いて、烟脂《やに》を舐《な》めた蛙《かえる》が腸《はらわた》をさらけだして洗[23]うように洗い立てをしてみたくもない。今私がこの鉢に水を掛けるように、物に手を出せば弥次馬《やじうま》という。手を引き込めておれば、独善という。残酷という。冷淡という。それは人の口である。人の口を顧みていると、一本の手の遣《や》り所もなくなる。

　これはサフランという草と私との歴史である。これを読んだら、いかに私のサフランについて知っていることが貧弱だか分かるだろう。しかしどれほど疎遠な物にもたまたま[24]行きずりの袖が触れるように、サフランと私との間にも接触点がないことはない。物語のモラルはただそれだけである。

　宇宙の間で、これまでサフランはサフランの生存をしていた。私は私の生存をしていた。これからも、サフランはサフランの生存をしていくであろう。私は私の生存をしていくであろう。（[25]尾《お》竹《だけ》一枝《かずえ》君のために。）

23 洗う　隠れている事柄を調べあげること。　24 行きずりの袖　道を行きながらすれちがう際に、触れ合う袖のこと。　25 尾竹一枝　「サフラン」が掲載された雑誌「番紅花《ばんこうか》」の編集者。一八九三―一九六六年。画家・尾竹越堂の長女で、のちに陶芸家の富本憲吉《とみもとけんきち》に嫁いだ。なお、「番紅花」はサフランの漢名。

安井夫人《やすいふじん》

発表——一九一四（大正三）年
高校国語教科書初出——一九五二（昭和二七）年
好学社『高等文学　一上』

「[1]仲平《ちゅうへい》さんはえらくなりなさるだろう。」という評判と同時に、「仲平さんは不男だ。」という陰言が、清武《きよたけ》一郷に伝えられている。

仲平の父は[2]日向国《ひゅうがのくに》宮崎郡清武村に[3]二段《たん》八畝《せ》ほどの宅地があって、そこに三棟《むね》の家を建てて住んでいる。財産としては、宅地を少し離れたところに田畑を持っていて、年来家で漢学を人の子弟に教える傍ら、耕作を輟《や》めずにいたのである。しかし仲平の父は、三十八の時江戸へ修行に出て、中一年置いて、四十の時帰国してから、だんだん[4]飫肥《おび》藩で任用せられるようになったので、今では田畑の大部分を小作人に作らせることにしている。

1 仲平さん　安井息軒。仲平は字《あざな》。江戸時代末期の儒学者。一七九九―一八七六年。考証にすぐれたが、海防・軍備などの政策も論じた。　2 日向国宮崎郡清武村　現在の宮崎県宮崎市清武町。　3 二段八畝　約二八アール。「段」「畝」は、ともに面積の単位。一段は、約一〇アール。「畝」は、「段」の一〇分の一。　4 飫肥藩　一五八七年に伊東祐兵《すけたか》が島津征伐の功により、日向国那珂《なか》郡の地に飫肥五万七千石を賜ったのを始まりとする。

仲平は二男である。兄文治《ぶんじ》が九つ、自分が六つの時、父は兄弟を残して江戸へ立ったのである。父が江戸から帰った後、兄弟の背丈が伸びてからは、二人とも毎朝書物を懐中して畑打ちに出た。そして外《よそ》の人が烟草《たばこ》休みをする間、二人は読書に耽《ふけ》った。

父が初めて藩の教授にせられた頃のことである。十七、八の文治と十四、五の仲平とが、例の畑打ちに通うと、道で行き会う人が、皆言い合わせたように二人を見比べて、連《つ》れがあれば連れに何事をかささやいた。背の高い、色の白い、目鼻立ちの立派な兄文治と、背の低い、色の黒い、片目の弟仲平とが、いかにも不釣り合いな一対に見えたからである。兄弟同時にした疱瘡《ほうそう》が、兄は軽く、弟は重く、弟は大疱痕《おおあばた》になって、あまつさえ右の目が潰れた。父も小さい時疱瘡をして片目になっているのに、また仲平が同じ片羽になったのを思えば、「偶然」というものも残酷なものだという外ない。

仲平は兄といっしょに歩くのをつらく思った。そこで朝は少し早目に食事を済ませて、一足先に出、晩は少し居残って仕事をして、一足遅れて帰ってみた。しかし行き会う人が自分のほうを見て、連れとささやくことは息《や》まなかった。そればかりではない。兄といっしょに歩く時よりも、行き会う人の態度はよほど無遠慮になって、ささやく声も常より高く、中には声を掛けるものさえある。

「見い。きょうは猿がひとりで行くぜ。」

「猿が本を読むから妙だ。」

「なに。猿のほうが猿引きよりはよく読むそうな。」

「お猿さん。きょうは猿引きはどうしましたな。」

交通の狭い土地で、行き会う人はたいてい知り合った仲であった。仲平はひとりで歩いてみて、二つの発明をした。一つは自分がこれまで兄の庇護《ひご》の下に立っていながら、それを悟らなかったということである。今一つは、驚くべし、兄と自分とに渾名《あだな》が付いていて、醜い自分が猿と言われると同時に、兄までが猿引きと言われているということである。仲平はこの発明を胸に収めて、誰《たれ》にも話さなかったが、その後は強いて兄と離れればなれに田畑へ往反《おうへん》しようとはしなかった。

仲平に先だって、体の弱い兄の文治は死んだ。仲平が大坂へ修業に出て篠崎小竹《しのざきしょうちく》[6]の塾に通っていた時に死んだのである。仲平は二十一の春、金子《きんす》十両を父の手から受け

5 疱瘡　天然痘《とう》の俗称。後遺症で痘痕が残った。6 篠崎小竹　江戸時代後期の儒学者。一七八一―一八五一年。

取って清武村を立った。そして大坂土佐堀《とさぼり》三丁目の[7]蔵屋敷に着いて、[8]長屋の一間《ひとま》を借りて自炊をしていた。倹約のために大豆を塩と醤油《しょうゆ》とで煮ておいて、それを飯の菜にしたのを、蔵屋敷では「仲平豆」と名づけた。同じ長屋に住むものが、あれでは体が続くまいと気遣って、酒を飲むことを勧めると、仲平は素直に聴き入れて、毎日一合ずつ酒を買った。そして晩になると、その一合入りの徳利を紙撚《こよ》りで縛って、[9]行灯《あんどう》の火の上に吊《つ》るしておく。そして灯火《ともしび》に向かって、篠崎の塾から借りてきた本を読んでいるうちに、半夜人定まった頃、灯火で尻をあぶられた徳利の口から、[10]蓬々《ほうほう》として蒸気が立ち昇ってくる。仲平は巻を置いて、徳利の酒を旨《うま》そうに飲んで寝るのであった。

中一年置いて、二十三になった時、故郷の兄文治が死んだ。学殖は弟に劣っていても、才気の鋭い若者であったのに、とかく病気で、とうとう二十六歳で死んだのである。仲平は訃音《ふいん》を得て、すぐに大坂を立って帰った。

その後仲平は二十六で江戸に出て、[11]古賀侗庵《こがとうあん》の門下に籍を置いて、[12]昌平黌《しょうへいこう》に入った。後世の[13]註疏《ちゅうそ》に拠《よ》らずに、ただちに[14]経義を窮めようとする仲平がためには、古賀より[15]松《まつ》崎慊堂《ざきこうどう》のほうが懐かしかったが、昌平黌に入るには[16]林か古賀かの門に入らなくてはならなかったのである。痘痕があって、片目で、背の低い田舎書生は、ここでも同窓に馬鹿《ばか》にせられずには済まなかった。それでも仲平は無頓着に黙り込んで、独り読書に耽っていた。座右の柱に半折[17]に何やら書いて貼ってあるのを、からかいにきた友達が読んでみると、

「今は音《ね》を忍《しのぶ》[18]が岡の時鳥《ほととぎす》いつか雲井のよそに名乗らむ」と書いてあった。

「や、えらい抱負じゃぞ。」と、友達は笑って去ったが、腹の中ではやや気味悪くも思った。これは十九の時漢学に全力を傾注するまで、国文をも少しばかり研究した名残で、わざと流儀違いの和歌の真似《まね》をして、同窓の揶揄《やゆ》に報いたのである。

仲平はまだ江戸にいるうちに、二十八で藩主[19]の侍読[20]にせられた。そして翌年藩主が帰国せられる時、供をして帰った。

7 **蔵屋敷** 江戸時代に、大名、寺社、旗本、諸家の老臣等が、領内の産物を輸送し販売するために置いた販売所兼倉庫。 8 **長屋** 大坂駐在の家臣のため、藩邸内に設けられた舎宅。 9 **行灯** 木や竹の枠に紙を貼り、中に油皿を据えて火をともす照明具。あんどん。 10 **蓬々** 湯気の立つさま。 11 **古賀侗庵** 江戸時代後期の儒学者。一七八八—一八四七年。 12 **昌平黌** 幕府の学問所。 13 **註疏** 「註」は、本文に付した解釈。「疏」は、註を詳しく説明したもの。 14 **経義** 経書の意義。 15 **松崎慊堂** 江戸時代後期の儒学者。一七七一—一八四四年。 16 **林** 幕府儒官の家。当時は林述斎（一七六八—一八四一年）。 17 **半折** 唐紙・画仙紙などを、縦に二つ切りにしたもの。 18 **忍が岡** 東京・上野の古名。また、上野にある東叡山《とうえいざん》寛永寺の境内。林家の学問所弘文館があった。 19 **藩主** 伊《い》東祐《とうすけ》相《とも》。一八一二—七四年。三歳にして遺封を継ぎ、第一三代の主となる。 20 **侍読** 主君に書を講ずる役。

今年の正月から清武村字《あざ》中野に藩の学問所が建つことになって、工事の最中である。それが落成すると、六十一になる父滄洲《そうしゅう》翁と、去年江戸から藩主の供をして帰った、二十九になる仲平さんとが、父子ともに講壇に立つはずである。その時滄洲翁が息子によめを取ろうと言い出した。しかしこれは決して容易な問題ではない。

江戸がえり、昌平黌じこみと聞いて、「仲平さんはえらくなりなさるだろう。」と評判する郷里の人たちも、痘痕があって、片目で、背の低い男振りを見ては、「仲平さんは不男だ。」と陰言を言わずにはおかぬからである。

滄洲翁は江戸までも修行に出た苦労人である。倅《せがれ》仲平が学問修業も一通りできて、来年は三十になろうという年になったので、是非よめを取ってやりたいとは思うが、その選択のむずかしいことには十分気が付いている。

背こそ仲平ほど低くないが、自分も痘痕があり、片目であった翁は、異性に対する苦い経験を嘗《な》めている。知らぬ少女と見合いをして縁談を取り決めようなどということは自分にも不可能であったから、自分と同じ欠陥があって、しかも背の低い仲平がために、それが不可能であることは知れている。仲平のよめは早くから気心を知り合った娘の中から選び出す外ない。翁は自分の経験からこんなことをも考えている。それは若くて美しいと思われた人も、しばらく交際していて、知恵の足らぬのが暴露してみると、その美貌はいつか忘れられてしまう。また三十になり、四十になると、知恵の不足が顔にあらわれて、昔美しかった人とは思われぬようになる。これとは反対に、顔貌《かおかたち》には疵《きず》があっても、才人だと、交際しているうちに、その醜さが忘れられる。また年を取るに従って、才気が眉目をさえ美しくする。仲平なぞもただ一つの黒い瞳をきらつかせてものを言う顔を見れば、立派な男に見える。これは親の贔屓目《ひいきめ》ばかりではあるまい。どうぞあれが人物を知った女をよめに貰《もら》ってやりたい。翁はざっとこう考えた。

翁は五節句[21]や年忌[22]に、互いに顔を見合う親戚の中で、未婚の娘をあれかこれかと思い浮かべてみた。一番華やかで人の目に付くのは、十九になる八重《やえ》という娘で、これは父が定府[23]《じょうふ》を勤めていて、江戸の女を妻に持って生ませたのである。江戸風の化粧を

21 **五節句**　人日《じんじつ》（正月七日）、上巳《じょうし》（三月三日）、端午《たんご》（五月五日）、七夕《しちせき》（七月七日）、重陽《ちょうよう》（九月九日）の五節句。22 **年忌**　人の没後三年・七年・一三年等に営む追善の法事。23 **定府**　江戸詰めとして、常時江戸に勤める者。藩主の参勤に従って短期間江戸藩邸に勤める、いわゆる勤番に対していう。

して、江戸言葉を遣って、母に踊りをしこまれている。これは貰おうとしたところで来そうにもなく、また好ましくもない。形が地味で、心の気高い、本も少しは読むという娘はないかと思ってみても、あいにくそういう向きの女子は一人もない。どれもどれも平凡極まった女子ばかりである。

あちこち迷った末に、翁の選択はとうとう手近い川添《かわぞえ》の娘に落ちた。川添家は同じ清武村の大字《おおあざ》今泉、小字《こあざ》岡にある翁の夫人の里方で、そこに仲平の従妹《いとこ》が二人ある。妹娘の佐代《さよ》は十六で、三十男の仲平がよめとしては若過ぎる。それに器量よしという評判の子で、若者どもの間では「岡の小町」と呼んでいるそうである。どうも仲平とは不釣り合いなように思われる。姉娘の豊《とよ》なら、もう二十で、遅く取るよめとしては、年齢の懸隔もはなはだしいというほどではない。豊の器量は十人並である。性質にはこれといって立ち優ったところはないが、いかにも素直で、女にめずらしく快活で、心に思うままを口に出して言う。その思うままがいかにも素直で、なんのわだかまりもない。母親は「臆面なしで困る。」と言うが、それが翁の気に入っている。

翁はこう思い定めたが、さてこの話を持ち込む手続きに窮した。いつも翁に何か言われると、謹んで承るというふうになっている少女らに、直接に言うことはもちろんできない。外舅外姑《しゅうとしゅうとめ》が亡くなってからは、川添の家には卑属[24]しかいないから、翁がうかと言い出しては、先方で当惑するかも知れない。他人同士では、こういう話を持ち出して、それが不調に終わった後は、少なくもしばらくの間交際がこれまで通りに行かぬことが多い。親戚間であってみれば、その辺にいっそう心を用いなくてはならない。

　ここに仲平の姉で、長倉のご新造《しんぞ》[25]と言われている人がある。翁はこれに意中を打ち明けた。

「亡くなった兄さんのおよめになら、一も二もなく来たのでございましょうが。」と言い掛けて、ご新造は少しためらった。ご新造はそういう方角からはお豊さんを見ていなかったのである。しかしお父様に頼まれた上で考えてみれば、外に弟のよめに相応した娘も思い当たらず、またお豊さんが不承知を言うに決まっているとも思われぬので、ご新造はとうとう使者の役目を引き受けた。

24 **卑属**　親族系統上、自分より地位の低い者。　25 **ご新造**　士人の妻の敬称。

川添の家では雛祭《ひなまつ》りの支度をしていた。奥の間へいろいろな書き付けをした箱をいっぱい出し散らかして、その中からお豊さんが、内裏《だいり》様やら五人囃《ばや》しやら、一つびとつ取り出して、綿や[26]吉野《よしの》紙《がみ》を除《の》けて置き並べていると、妹のお佐代さんがちょいちょい手を出す。

「いいからわたしに任せておき。」と、お豊さんは妹を叱っていた。

そこの障子をあけて、長倉のご新造が顔を出した。手にはみやげに切らせてきた緋《ひ》桃《もも》の枝を持っている。

「まあ、お忙しい最中でございますね。」

お豊さんは[27]尉姥《じょううば》の人形を出して、箒《ほうき》と熊手とを人形の手に挿していたが、その手を停めて桃の花を見た。

「お内の桃はもうそんなに咲きましたか。こちらのはまだ莟《つぼみ》がずっと小そうございます。」

「出掛けに急いだもんですから、ほんの少しばかり切らせてきました。たくさんお生けになるなら、いくらでも取りにおよこしなさいよ。」

こう言ってご新造は桃の枝をわたした。

お豊さんはそれを受け取って、妹に、

「ここはこのままそっくりしておくのだよ。」と言っておいて、桃の枝を持って勝手へ立った。

ご新造は後から付いてきた。

お豊さんは台所の棚から手桶《ておけ》を下ろして、それを持って側《そば》の井戸端に出て、水を一《ひと》釣瓶《つるべ》汲《く》み込んで、それに桃の枝を投げ入れた。すべての動作がいかにも甲斐甲斐《かいがい》しい。

使命を含んで来たご新造は、これならば弟のよめにしても早速役に立つだろうと思って、微笑を禁じ得なかった。下駄を脱ぎ捨てて台所にあがったお豊さんは、壁に吊《つ》ってある竿《さお》の手拭いで手を拭いている。その側へご新造が摩《す》り寄った。

「安井では仲平におよめを取ることになりました。」

劈頭《へきとう》にご新造は主題を道破[28]した。

「まあ。どこから。」

26 **吉野紙**　吉野（奈良《なら》県南部の山岳地帯）産の薄く漉《す》いた紙。　27 **尉姥の人形**　高砂《たかさご》の松（相生《あいおい》の松）の精である、長寿の老夫婦をかたどった雛《ひな》人形。謡曲「高砂」の伝説による。　28 **道破**　言ってのけること。はっきり言い切ること。

尉姥の人形

「およめさんですか。」

「ええ。」

「そのおよめさんは」と言いさして、じっとお豊さんの顔を見つつ、

「あなた。」

お豊さんは驚き呆《あき》れた顔をして黙っていたが、しばらくすると、その顔に笑みが湛《たた》えられた。

「嘘《うそ》でしょう。」

「本当です。わたしそのお話をしにきました。これからお母様に申し上げようと思っています。」

お豊さんは手拭いを放して、両手をだらりと垂れて、ご新造と向き合って立った。

顔からは笑みが消え失せた。

「わたし仲平さんはえらい方だと思っていますが、ご亭主にするのは嫌でございます。」

冷然として言い放った。

お豊さんの拒絶があまり簡明に発表せられたので、長倉のご新造は話の後を継ぐ余

地を見出《みいだ》すことができなかった。しかしこれほどの用事を帯びてきて、それを二人の娘の母親に話さずにも帰られぬと思って、直談判《じきだんぱん》をして失敗した顛末《てんまつ》を、川添のご新造にざっと言っておいて、[29]ギヤマンのコップに注いで出された白酒を飲んで、暇乞《いとまご》いをした。

川添のご新造は仲平贔屓だったので、ひどくこの縁談の不調を惜しんで、お豊にしっかり言って聞かせてみたいから、安井家へは当人の軽率な返事を打ち明けずにおいてくれと頼んだ。そこでお豊さんの返事をもって復命することだけは、一時見合わせようと、長倉のご新造が受け合ったが、どうもお豊さんが意を翻そうとは信じられないので、

「どうぞ無理にお勧めにならぬように。」と言い残して立って出た。

長倉のご新造が川添の門を出て、道の二、三[30]丁も来たかと思う時、後から川添に使われている下男の音吉が駆けてきた。急に話したいことがあるから、ご苦労ながら引

29 ギヤマン　本来は、ガラス切りの金剛石（ダイヤモンド）をいうが、日本ではガラスの意に用いた。［オランダ語］diamant の訛り。30 丁　距離の単位。一丁は、約一一〇メートル。町。

き返してもらいたいという口上を持ってきたのである。

長倉のご新造は意外の思いをした。どうもお豊さんがそう急に意を翻したとは信ぜられない。何の話であろうか。こう思いながら音吉といっしょに川添へ戻ってきた。

「お帰り掛けをわざわざお呼び戻しいたして済みません。実は存じ寄らぬことができまして。」

待ち構えていた川添のご新造が、戻ってきた客の座に着かぬうちに言った。

「はい。」

長倉のご新造は女主人の顔をまもっている。

「あの仲平さんのご縁談のことでございますね。わたくしは願うてもないよい先だと存じますので、お豊を呼んで話をいたしてみましたが、やはりまいられぬと申します。そういたすとお佐代が姉にその話を聞きまして、わたくしのところへ参って、何か申しそうにいたして申さずにおりますのでございます。なんだえと、わたくしが尋ねますと、安井さんへわたくしが参ることはできますまいかと申します。およめに行くということはどういうわけのものか、ろくに分からずに申すかと存じまして、いろいろ聞いてみましたが、あちらで貰《もろ》うてさえ下さるなら自分は行きたいと、きっぱり申すのでございます。いかにも差し出がましいことでございまして、あちらの思わくもいかがとは存じますが、とにかくあなたにご相談申し上げたいと存じまして。」

さも言いにくそうな口吻《くちぶり》である。

長倉のご新造はいよいよ意外の思いをした。父はこの話をする時、「お佐代は若過ぎる。」と言った。また「あまり別品《べっぴん》でなあ。」とも言った。しかしお佐代さんを嫌っているのでないことは、平生から分かっている。多分父は釣り合いを考えて、年が行っていて、器量の十人並なお豊さんをと望んだのであろう。それに若くて美しいお佐代さんが来れば、不足はあるまい。それにしても控え目で無口なお佐代さんがよくそんなことを母親に言ったものだ。これはとにかく父にも弟にも話してみて、できることなら、お佐代さんの望み通りにしたいものだと、長倉のご新造は思案してこう言った。

「まあ、そうでございますか。父はお豊さんをと申したのでございますが、わたくしがちょっと考えてみますに、お佐代さんでは悪いとは申さぬだろうと存じます。早速あちらへまいって申してみることにいたしましょう。でもあの内気なお佐代さんが、よくあなたに仰《おっ》しゃったものでございますね。」

「それでございます。わたくしも本当にびっくりいたしました。子供の思っていることは何から何まで分かっているように存じていましても、大違いでございます。お父様にお話下さいますなら、当人を呼びまして、ここで一応聞いてみることにいたしましょう。」

こう言って母親は妹娘を呼んだ。

お佐代はおそるおそる障子をあけてはいった。

母親は言った。

「あの、さっきお前の言ったことだがね、仲平さんがお前のようなものでも貰って下さることになったら、お前きっと行くのだね。」

お佐代さんは耳まで赤くして、

「はい。」と言って、下げていた頭をいっそう低く下げた。

長倉のご新造が意外だと思ったように、滄洲翁も意外だと思った。しかし一番意外だと思ったのは婿殿の仲平であった。それは皆怪訝《かいが》するとともに喜んだ人たちであるが、近所の若い男たちは怪訝するとともに嫉《そね》んだ。そして口々に「岡の小町が猿のところへ行く。」と噂《うわさ》した。そのうち噂は清武一郷に伝播《でんぱ》して、誰一人怪訝せぬものはなかった。これは喜びや嫉みの交じらぬただの怪訝であった。

婚礼は長倉夫婦の媒酌で、まだ桃の花の散らぬうちに済んだ。そしてこれまでただ美しいとばかり言われて、人形同様に思われていたお佐代さんは、繭を破って出た蛾《が》のように、その控え目な、内気な態度を脱却して、多勢の若い書生たちの出入りする家で、あっぱれ地歩を占めた夫人になりおおせた。

十月に学問所の明教堂が落成して、安井家の祝筵《しゆくえん》に親戚故旧が寄り集まった時には、美しくて、しかもきっぱりした若夫人の前に、客の頭が自然に下がった。人にからかわれる世間のよめさんとは全く趣を殊にしていたのである。

翌年仲平が三十、お佐代さんが十七で、長女須磨子《すまこ》が生まれた。中一年置いた年の七月には、藩の学校[31]が飫肥に遷《うつ》されることになった。その次の年に、六十五になる滄洲翁は飫肥の振徳堂の総裁にせられて、三十三になる仲平がその下で助教を勤めた。

31 振徳堂　飫肥藩藩校。

清武の家は隣にいた弓削《ゆげ》という人が住まうことになって、安井家は飫肥の加茂《かも》に代地を貰った。

仲平は三十五の時、藩主の供をして再び江戸に出て、翌年帰った。これがお佐代さんがやや長い留守に空閨《くうけい》を守った始めである。

滄洲翁は[32]中風で、六十九の時亡くなった。仲平が二度目に江戸から帰った翌年である。

仲平は三十八の時三たび江戸に出で《い》、二十五のお佐代さんが二度目の留守をした。翌年仲平は昌平黌の[33]斎長になった。次いで外桜田の藩邸のほうでも、仲平に[34]大番所番《ばん》頭《がしら》という役を命じた。その次の年に、仲平はいったん帰国して、間もなく江戸へ移住することになった。今度はいずれ江戸に居所が決まったら、お佐代さんをも呼び迎えるという約束をした。藩の役を辞めて、塾を開いて人に教える決心をしていたのである。

この頃仲平の学殖はようやく世間に認められて、親友にも[35]塩谷宕陰《しおのやとういん》のような立派な人ができた。二人いっしょに散歩をすると、男振りはどちらも悪くても、とにかく背の高い塩谷が立派なので、「塩谷一丈　雲腰に横たわる、安井三尺　草頭《かしら》を埋む。」などと冷やかされた。

江戸に出ていても、質素な仲平は極端な簡易生活をしていた。帰り新参[36]で、昌平黌の塾に入る前には、千駄谷《せんだがや》にある藩の下屋敷[37]にいて、その後外桜田の上屋敷にいたり、増上寺[38]境内の金地院《こんじいん》にいたりしたが、いつも自炊である。さていよいよ移住と決心して出てからも、一時は千駄谷にいたが、下屋敷に火事があってから、初めて五番町の売り据え[39]を二十九枚[40]で買った。

お佐代さんを呼び迎えたのは、五番町から上二番町の借家に引き越していた時である。いわゆる三計塾[41]で、階下に三畳やら四畳半やらの間が二つ三つあって、階上が斑《はん》竹山房《ちくさんぼう》の扁額《へんがく》を掛けた書斎である。斑竹山房とは江戸へ移住する時、本国田野村字仮《かり》屋《や》の虎斑竹[42]を根こじにしてきたからの名である。仲平は今年四十一、お佐代さんは二

32 **中風** 脳出血などによって起こる、半身不随、麻痺《まひ》などの症状。 33 **斎長** 学寮の長。 34 **大番所番頭** 藩邸宿直警備役の長。 35 **塩谷宕陰** 江戸時代末期の儒学者。一八〇九―六七年。松崎慊堂に師事。 36 **帰り新参** いったん昌平黌を辞し、再び新参者の形で入塾すること。 37 **下屋敷** 上屋敷（本邸）に対して、別邸をいう。 38 **増上寺** 浄土宗の大本山。現在の東京都港区芝公園にある。 39 **売り据え** 家などを造作付きで売ること。 40 **二十九枚** 宝字丁銀二九枚。約二〇両弱。 41 **三計塾** 「一日の計は朝に、一年の計は春に、一生の計は少壮の時にあり。」として名づけた。 42 **虎斑竹** 表面に雲形、虎の毛のような斑点のある竹で、茶器・軸などに使用する。

十八である。長女須磨子に次いで、二女美保子《みほこ》、三女登梅子《とめこ》と、女の子ばかり三人できたが、仮初《かりそ》めの病のために、美保子が早く亡くなったので、お佐代さんは十一になる須磨子と、五つになる登梅子とを連れて、三計塾に遣《や》ってきた。

仲平夫婦は当時女中一人も使っていない。お佐代さんが飯炊《ままた》きをして、須磨子が買い物に出る。須磨子の日向訛《ひゅうがなま》りが商人に通ぜぬので、用が弁ぜずにすごすご帰ることが多い。

お佐代さんは形振《なりふ》りに構わず働いている。それでも「岡の小町」と言われた昔の俤《おもかげ》はどこやらにある。この頃黒木孫右衛門《まごえもん》というものが仲平に会いにきた。もと飫肥外浦の漁師であったが、[43]物産学に詳しいため、わざわざ召し出されて[44]徒士《かち》になった男である。お佐代さんが茶を酌んで出しておいて、勝手へ下がったのを見て[45]狡猾《こうかい》なような、滑稽なような顔をして、孫右衛門が仲平に尋ねた。

「先生。ただ今のはご新造様でござりますか。」

「さよう。妻で。」[46]恬然《てんぜん》として仲平は答えた。

「はあ。ご新造様は学問をなさりましたか。」

「いいや。学問というほどのことはしておりませぬ。」

「してみますと、ご新造様のほうが先生の学問以上のご見識でござりますな。」
「なぜ。」
「でもあれほどの美人でおいでになって、先生の夫人におなりなされたところを見ますと。」

仲平は覚えず失笑した。そして孫右衛門の無遠慮なような世辞を面白がって、得意の笊棋《ざるご》[47]の相手をさせて帰した。

お佐代さんが国から出た年、仲平は小川町《おがわまち》に移り、翌年また牛込見附《うしごめみつけ》外の家を買った。値段はわずか十両である。八畳の間に床の間と回り縁とが付いていて、外に四畳半が一間、二畳が一間、それから板の間が少々ある。仲平は八畳の間に机を据えて、周囲に書物を山のように積んで読んでいる。この頃は霊岸島の鹿島屋《かしまや》[48]清兵衛《せいべえ》が蔵書を借り出してくるのである。いったい仲平は博渉家[49]でありながら、蔵書癖はない。質素

43 物産学　博物学。　44 徒士　供先の警備を職掌とする下級の士。　45 狡獪　悪賢いこと。　46 恬然　平気なさま。
47 笊棋　定石などかまわずに打つ下手な囲碁。　48 鹿島屋清兵衛　幕末の富豪。新川の酒問屋で、蔵書家としても有名だった。　49 博渉家　ひろく書物に通じている人。

で濫費をせぬから、生計に困るようなことはないが、十分に書物を買うだけの金はない。書物は借りて見て、書き抜いては返してしまう。大坂で篠崎の塾に通ったのも、篠崎にものを学ぶためではなくて、書物を借るためであった。芝の金地院に下宿したのも、書庫をあさるためであった。この年に三女登梅子が急病で死んで、四女歌子が生まれた。

その次の年に藩主が奏者[50]になられて、仲平に押合方《おしあいかた》[51]という役を命ぜられたが、目が悪いと言ってことわった。薄暗い明かりで本ばかり読んでいたので実際目がよくなかったのである。

そのまた次の年に、仲平は麻布《あざぶ》長坂裏通りに移った。牛込から古家を持ってきて建てさせたのである。それへ引き越すとすぐに仲平は松島まで観風旅行[52]をした。浅葱《あさぎ》織り色木綿の打《ぶ》[53]っ裂き羽織[54]に裁っ付け袴《ばかま》で、腰に銀拵《ぎんごしら》えの大小を挿し、菅笠《すげがさ》を被《かむ》り草鞋《わらじ》を履くという支度である。旅から帰ると、三十一になるお佐代さんが初めて男子を生んだ。後に「岡の小町」そっくりの美男になって、今文《きんぶん》[55]尚書二十九篇《へん》で天下を治めようといった才子の棟蔵《とうぞう》である。惜しいことには、二十二になった年の夏、暴瀉《ぼうしゃ》[56]で亡くなった。

中一年置いて、仲平夫婦は一時上屋敷の長屋に入っていて、番町袖振坂《そでふりざか》に転居した。その冬お佐代さんが三十三で二人目の男子謙助《けんすけ》を生んだ。しかし乳が少ないので、それを雑司谷《ぞうしがや》の名主方《なぬしかた》へ里子に遣った。謙助は成長してから父に似た異相の男になったが、後日安東益斎《あんどうえきさい》と名乗って、東金《とうがね》、千葉の二箇所で医業をして、かたわら漢学を教えているうちに、持前の肝積《かんしゃく》のために、千葉で自殺した。年は二十八であった。墓は千葉町大日寺《だいにちじ》にある。

[57]浦賀へ米艦が来て、天下多事の秋となったのは、仲平が四十八、お佐代さんが三十五の時である。大儒息軒先生として天下に名を知られた仲平は、ともすれば時勢の旋渦中に巻き込まれようとしてわずかに免れていた。

50 **奏者**　歳首・五節句などに諸侯以下が将軍に謁する時、取り次ぎ・披露などをし、参勤の際などに上使を奉ずる者。　51 **押合方**　参勤・賜暇などの理由で諸侯が登城する時、これを他の奏者番に通知する事務をつかさどる者。
52 **観風旅行**　風俗視察旅行。　53 **打っ裂き羽織**　背裂き羽織ともいう。馬上・旅行に用いた。　54 **裁つ付け袴**　膝から下を脚絆《きゃはん》のようにした旅行用袴。　55 **今文尚書**　「今文」は、新字体の意。「尚書」は、虞《ぐ》・夏・商・周四代の政教を記録した書に、孔子《こうし》が手を入れたといわれるもの。古くは書、漢代に至って尚書、宋以後は書経という。
56 **暴瀉**　激しい下痢《げり》を伴う流行病、コレラの類。　57 **浦賀へ米艦が来て**　一八四六年、アメリカ東インド艦隊ビッドルが、現在の神奈川県横須賀《よこすか》市浦賀に来航し、通商を求めた。幕府はこれを拒絶。一八五三年には、ペリーが同艦船四隻を率いて、再び来航した。

飫肥藩では仲平を相談中[58]という役にした。仲平は海防策を献じた。これは四十九の時である。五十四の時[59]藤田《ふじた》東湖《とうこ》と交わって、[60]水戸《みと》景山《けいざん》公に知られた。五十五の時ペル[61]リが浦賀に来たために、[62]攘夷封港論《じょういほうこうろん》をした。この年藩政が気に入らぬので辞職した。しかし相談中を辞められて、[63]用人格というものになっただけで、勤め向きは前の通りであった。五十七の時蝦夷《えぞ》開拓論をした。六十三の時藩主に願って隠居した。[64]井伊《いい》閣老が桜田見附《みつけ》で遭難せられ、景山公が亡くなられた年である。

家は五十一の時隼町《はやぶさちよう》に移り、翌年火災に遭って、焼け残りの土蔵や建具を売り払って番町に移り、五十九の時麴町善国寺谷《こうじまちぜんこくじだに》に移った。[65]辺務を談ぜないということを書いて二階に張り出したのは、番町にいた時である。

お佐代さんは四十五の時にやや重い病気をして治ったが、五十の歳暮からまた床に就いて、五十一になった年の正月四日に亡くなった。夫仲平が六十四になった年である。後には男子に、短い運命を持った棟蔵と謙助との二人、女子に、[66]秋元家の用人の倅《せがれ》田中鉄之助に嫁して不縁になり、次いで塩谷の媒介で、肥前国《ひぜんのくに》島原産の志士中村貞太郎《ていたろう》、仮名《けみよう》北有馬《きたありま》太郎《たろう》に嫁した須磨子と、病身な四女歌子との二人が残った。須磨子は後の夫に獄中で死なれてから、お糸、小太郎の二人の子を連れて安井家に帰った。

歌子は母が亡くなってから七箇月目に、二十三歳で後を追って亡くなった。

お佐代さんはどういう女であったか。美しい肌に粗服を纏《まと》って、質素な仲平に仕えつつ一生を終わった。飫肥吾田《あがた》村字《むらあざ》星倉から二里[67]ばかりの小布瀬《こふせ》に、同宗[68]の安井林平という人があって、その妻のお品さんが、お佐代さんの記念だと言って、木綿縞《じま》の袷《あわせ》を一枚持っている。おそらくはお佐代さんはめったに絹物などは着なかったのだろう。

お佐代さんは夫に仕えて労苦を辞せなかった。そしてその報酬には何物をも要求しなかった。ただに服飾の粗に甘んじたばかりではない。立派な邸宅におりたいとも言わず、結構な調度を使いたいとも言わず、旨《うま》いものを食べたがりも、面白いものを見たがりもしなかった。

---

58 **相談中**　相談役。59 **藤田東湖**　水戸藩の儒臣。一八〇六—五五年。60 **水戸景山**　徳川斉昭《なりあき》。一八〇〇—六〇年。61 **ペルリ**　マシュー・ペリー。一七九四—一八五八年。一八五三年の「黒船来航」時のアメリカ東インド艦隊司令長官。62 **攘夷封港論**　「攘夷」は、外敵を退けること。「封港」は、港を閉ざすこと。63 **用人格**　「用人」は、老臣の次にあって内外の事務処理に当たる者をいう。「用人格」とは用人待遇の意か。64 **井伊閣老**　井伊直弼《なおすけ》。江戸末期の大老、彦根藩主。一八一五—六〇年。勅許を得ずに日米修好通商条約に調印。反対勢力を弾圧して「安政の大獄」を起こし、水戸《みと》・薩摩《さつま》の浪士らに江戸城桜田門外で殺された。65 **辺務を談ぜない**　国防のことを語らない。66 **秋元家**　上野国《こうずけ》（現在の群馬県）館林《たてばやし》六万石、秋元但馬守礼朝《たじまのかみひろとも》。67 **里**　距離の単位。一里は、約四キロメートル。68 **同宗**　同族。

お佐代さんが奢侈《しやし》を解せぬほどおろかであったとは、誰も信ずることができない。また物質的にも、精神的にも、何物をも希求せぬほど恬澹《てんたん》であったとは、誰も信ずることができない。お佐代さんにはたしかに尋常でない望みがあって、その望みの前には一切のものが塵芥《ちりあくた》のごとく卑しくなっていたのであろう。

お佐代さんは何を望んだか。世間の賢い人は夫の栄達を望んだのだと言ってしまうだろう。これを書くわたくしもそれを否定することはできない。しかしもし商人が資本を卸《おろ》し財利を謀るように、お佐代さんが労苦と忍耐とを夫に提供して、まだ報酬を得ぬうちに亡くなったのだというなら、わたくしは不敏《ふびん》にしてそれに同意することができない。

お佐代さんは必ずや未来に何物をか望んでいただろう。そして瞑目するまで、美しい目の視線は遠い、遠いところに注がれていて、あるいは自分の死を不幸だと感ずる余裕をも有せなかったのではあるまいか。その望みの対象をば、あるいは何物ともしかと弁識していなかったのではあるまいか。

お佐代さんが亡くなってから六箇月目に、仲平は六十四で江戸城に召された。また二箇月目に徳川将軍に謁見《えつけん》して、用人席[69]にせられ、翌年両番[70]上席にせられた。仲平が直参《じきさん》[71]になったので、藩では謙助を召し出した。次いで謙助も昌平黌出役[72]になったので、藩[73]の名跡は安政四年[74]に中村が須磨子に生ませた長女糸に、高橋圭三郎《けいさぶろう》という婿を取って立てた。しかしこの夫婦は早く亡くなった。後に須磨子の生んだ小太郎が継いだのはこの家である。仲平は六十六で、陸奥《むつ》塙《はなわ》六万三千九百石の代官にせられたが、病気を申し立てて赴任せずに、小普請《こぶしん》[75]入りをした。

住まいは六十五の時下谷《したや》徒士町《かちまち》に移り、六十七の時一時藩の上屋敷に入っていて、麹町一丁目半蔵門《はんぞうもん》外の壕端《ほりばた》の家を買って移った。策士雲井龍雄《たつお》[76]と月見をした海嶽楼《かいがくろう》は、この家の二階である。

幕府滅亡の余波で、江戸の騒がしかった年に、仲平は七十で表向き隠居した。間も

69 **用人席**　用人の資格において直参となったことをいう。70 **両番**　書院番と小姓組番とをいう。71 **直参**　幕府直属の一万石以下の家臣。旗本・御家人のこと。72 **出役**　教授方出役。別に本務があって、教授方を兼ねる者のことで、今日の大学の講師にあたる。73 **藩の名跡**　飫肥藩士としての跡目。74 **安政四年**　一八五七年。75 **小普請**　禄高《ろくだか》三千石以下の旗本・御家人で、非役の者をいう。76 **雲井龍雄**　幕末の志士。米沢《よねざわ》藩士。一八四四―七〇年。安井息軒の門に入り、維新後新政府に仕えたが、薩長《さっちょう》藩閥に反対して帰藩。のち、政府打倒をはかり、斬罪。

なく海嶽楼は類焼したので、しばらく藩の上屋敷や下屋敷に入っていて、市中の騒がしい最中に、王子在領家村《りょうけむら》の農高橋善兵衛《ぜんべえ》が弟政吉《まさきち》の家に潜んだ。須磨子は三年前に飫肥へ行ったので、仲平の隠れ家へは天野家から来た謙助の妻淑子《よしこ》と、前年八月に淑子の生んだ千菊《せんぎく》とが付いてきた。産後体の悪かった淑子は、隠家に来てから六箇月目に、十九で亡くなった。下総《しもうさ》[77]にいた夫には会わずに死んだのである。

仲平は隠れ家に冬までいて、彦根《ひこね》[78]藩《はん》の代々木《よよぎ》屋敷に移った。これは『左伝輯釈《しゅうしゃく》』を彦根藩で出版してくれた縁故からである。翌年七十一で旧藩の桜田邸に移り、七十三の時また土手《どて》三番町に移った。

仲平の亡くなったのは、七十八の年の九月二十三日である。謙助と淑子との間にできた、十歳の孫千菊が家を継いだ。千菊の夭折した跡は小太郎の二男三郎が立てた。

---

77 **下総** 現在の千葉県北部と茨城《いばらき》県南部。 78 **彦根藩の代々木屋敷** 彦根藩の上屋敷。現在は、跡地に憲政記念館が建つ。

じいさんばあさん

発表――一九一五（大正四）年

高校国語教科書初出――一九九九（平成一一）年

桐原書店『探求国語Ⅱ（現代文・表現編）』

[1]文化六年の春が暮れていく頃であった。麻布竜土町《あざぶりゅうどちょう》の、今歩兵第三聯隊《れんたい》の兵営になっている地所の南隣で、[2]三河国奥殿《みかわのくにおくとの》の領主[3]松平左七郎乗羨《のりよし》という大名の屋敷のうちに、大工が入って小さい空き家を修復している。近所のものが誰の住まいになるのだと言って聞けば、松平の家中の侍で、宮重《みやしげ》久《きゅう》右《え》衛門《もん》という人が隠居所を拵《こしら》えるのだということである。なるほど宮重の家の離れ座敷といってもいいような空き家で、ただ台所だけが、小さいながらに、別にできていたのである。近所のものが、そんなら久右衛門さんが隠居しなさるのだろうかと言って聞けば、そうではないそうである。田舎にいた久右衛門さんの兄きが出てきて入るのだということである。

四月五日に、まだ壁が乾き切らぬというのに、果たして見知らぬ爺《じい》さんが小さい荷

1 文化六年　一八〇九年。　2 三河国奥殿　三河国額田《ぬかた》郡の奥殿陣屋（現在の愛知県岡崎市奥殿町）に藩庁を置いた藩。　3 松平左七郎乗羨　奥殿藩第六代藩主。一七九〇―一八二七年。

物を持って、宮重方に着いて、すぐに隠居所に入った。久右衛門は胡麻《ごま》塩頭をしているのに、この爺さんは髪が真っ白である。それでも腰などは少しも曲がっていない。結構な拵えの両刀を挿した姿がなかなか立派である。どう見ても田舎者らしくはない。

爺さんが隠居所に入ってから二、三日立つと、そこへ婆《ばあ》さんが一人来て同居した。それも真っ白な髪を小さい丸髷《まるまげ》[4]に結《い》っていて、爺さんに負けぬように品格がいい。それまでは久右衛門方の勝手から膳を運んでいたのに、婆さんが来て、爺さんと自分との食べる物を、子供がまま事をするような工合に拵えることになった。

この翁媼《おうおん》二人の仲のいいことは無類である。近所のものは、もしあれが若い男女であったら、どうも平気で見ていることができまいなどと言った。中には、あれは夫婦ではあるまい、兄妹《きょうだい》だろうと言うものもあった。その理由とするところを聞けば、あの二人は隔てのないうちに礼儀があって、夫婦にしては、少し遠慮をし過ぎているようだというのであった。

二人は富裕とは見えない。しかし不自由はせぬらしく、また久右衛門に累を及ぼすようなこともないらしい。殊に婆さんのほうは、後からだいぶ荷物が来て、衣類なんぞは立派なものを持っているようである。荷物が来てから間もなく、誰が言い出したか、あの婆さんは[5]御殿女中をしたものだという噂《うわさ》が、近所に広まった。

二人の生活はいかにも隠居らしい、気楽な生活である。爺さんは眼鏡を掛けて本を読む。細字《さいじ》で日記を付ける。毎日同じ時刻に刀剣に[6]打ち粉を打って拭く。体《たい》を決めて木刀を振る。婆さんは例のまま事の真似《まね》をして、その隙《すき》には爺さんの傍《そば》に来て団扇《うちわ》であおぐ。もう時候がそろそろ暑くなる頃だからである。婆さんがしばらくあおぐうちに、爺さんは読みさした本を置いて話をし出す。二人はさも楽しそうに話すのである。

どうかすると二人で朝早くから出掛けることがある。最初に出ていった後で、久右衛門の女房が近所のものに話したという言葉が偶然伝えられた。「あれは[7]菩提所《ぼだいしょ》の松泉寺へ行きなすったのでございます。息子さんが生きていなさると、今年三十九になりなさるのだから、立派な男盛りというものでございますのに。」と言ったというのである。松泉寺というのは、今の[8]青山御所の向こう裏に当たる、赤坂黒鍬谷《くろくわだに》の寺であ

4 **丸髷**　結婚した女性が結った代表的な髪型。頂上に楕円形でやや平たい髷をつけたもの。　5 **御殿女中**　江戸時代に宮中、将軍家、大名などの奥向きに仕えた女中。奥女中。　6 **打ち粉**　湿気を拭い去るため、刀身に打ちつける粉。砥《と》の粉《こ》を用いた。　7 **菩提所**　先祖代々の位牌《いはい》を祭る寺。　8 **青山御所**　赤坂御用地のなかにあり、当時、大正天皇の御所となっていた。

丸髷

る。これを聞いて近所のものは、二人が出歩くのは、最初のその日に限らず、過ぎ去った昔の夢の跡を辿《たど》るのであろうと察した。

とかくするうちに夏が過ぎ秋が過ぎた。もう物珍しげに爺さん婆さんの噂をするものもなくなった。ところが、もう年が押し詰まって十二月二十八日となって、きのうの大雪の後の道を、江戸城へ往反《おうへん》する、[9]歳暮《さいぼ》拝賀の大小名諸役人織るがごとき最中に、宮重の隠居所にいる婆さんが、今お城から下がったばかりの、屋敷の主人松平左七郎に広間へ呼び出されて、[10]将軍徳川家斉《いえなり》の命を伝えられた。「永年遠国に罷《まか》りあり候《そろ》夫のため、貞節を尽くし候趣聞こし召され、厚き思《おぼ》し召しをもって褒美として[11]銀十枚下し置かる。」という口上であった。

今年の暮れには、[12]西丸にいた[13]大納言《だいなごん》家慶《いえよし》と[14]有栖川《ありすがわ》織仁《おりひと》親王の娘楽宮《ささのみや》との婚儀などがあったので、頂戴物をする人数《にんず》が例年よりも多かったが、宮重の隠居所の婆さんに銀十枚を下さったのだけは、異数として世間に評判せられた。

これがために宮重の隠居所の翁媼二人は、一時江戸に名高くなった。爺さんは元[15]大番石川阿波守《あわのかみ》総恒《ふさつね》組美濃部《みのべ》伊織《いおり》といって、宮重久右衛門の実兄である。婆さんは伊織の妻るんといって、[16]外桜田の黒田家の奥に仕えて[17]表使い格になっていた女中である。

るんが褒美を貰《もら》った時、夫伊織は七十二歳、るん自身は七十一歳であった。

明和三年[18]に大番頭《おおばんがしら》になった石川阿波守総恒の組に、美濃部伊織という侍があった。剣術は儕輩《せいはい》[19]を抜いていて、手跡もよく和歌の嗜《たしな》みもあった。石川の屋敷は水道橋外で、今白山《はくさん》から来る電車が、お茶の水を降りてくる電車と行き会うあたりの角屋敷になっていた。しかし伊織は番町に住んでいたので、上役とは詰め所で落ち合うのみであった。

石川が大番頭になった年の翌年の春、伊織の叔母婿で、やはり大番を勤めている山

---

9 **歳暮拝賀**　幕府年中行事の一つ。一二月二八日に諸大名が登城し、歳暮の祝儀を言上する儀。10 **徳川家斉**　江戸幕府第一一代将軍。一七七三―一八四一年。11 **銀十枚**　下賜銀は丁銀。当時（一八〇九年）の丁銀相場では、六、七両に相当した。12 **西丸**　江戸城本丸の西の一郭。将軍世子の居所。13 **大納言家慶**　徳川家慶。後の第一二代将軍。一七九三―一八五三年。家斉の二男。14 **有栖川織仁親王**　有栖川宮第六代当主。一七五四―一八二〇年。15 **大番**　江戸幕府の職名。戦時は先鋒《せんぽう》となり、平時は要地の在番にあたる。16 **外桜田の黒田家**　筑前《ちくぜん》国（現在の福岡県北西部）福岡藩黒田家の上屋敷。17 **表使い格**　幕府大奥の職制にならったもので、買い物をつかさどり、諸役人と応対する。奥女中のうち、年寄と中老の中間に位置する重要な地位。18 **明和三年**　一七六六年。19 **儕輩**　仲間。

中藤《とう》右《え》衛門《もん》というのが、ちょうど三十歳になる伊織に妻を世話をした。それは山中の妻の親戚に、戸田淡路守《あわじのかみ》氏之《うじゆき》の家来有竹《ありたけ》某というものがあって、その有竹のよめの姉を世話をしたのである。

なぜ妹が先によめに行って、姉が残っていたかというと、それは姉が屋敷奉公をしていたからである。元二人の女は安房国朝夷郡真門村《あわのくにあさいこおりまかどむら》で由緒のある内木四郎《しろ》右衛門《えもん》というものの娘で、姉のるんは[20]宝暦二年十四歳で、市ケ谷門外の[21]尾張《おわり》中納言宗勝《むねかつ》の奥の軽い召し使いになった。それから宝暦十一年尾州家では代替わりがあって、[22]宗睦《むねちか》の世になったが、るんは続いて奉公していて、とうとう明和三年まで十四年間勤めた。その留守に妹は戸田の家来有竹の息子の妻になって、外桜田の屋敷へ来たのである。

尾州家から下がったるんは二十九歳で、二十四歳になる妹のところへ手助けに入《い》り込んで、なるべくお旗本のうちで相応な家へよめに行きたいと言っていた。それを山中が聞いて、伊織に世話をしようと言うと、有竹では喜んで親元になって嫁入りをさせることにした。そこで房州うまれの内木氏《うじ》のるんは有竹氏を[23]冒して、外桜田の戸田屋敷から番町の美濃部方へよめに来たのである。

るんは美人という性《たち》の女ではない。もし床の間の置き物のようなものを美人としたら、るんは調法にできた器具のようなものであろう。体格がよく、押し出しが立派で、それで目から鼻へ抜けるように賢く、いつでもぼんやりして手を空けているということがない。顔も顴骨《かんこつ》[24]がやや出張っているのが疵《きず》であるが、眉や目の間に才気が溢《あふ》れて見える。伊織は武芸ができ、学問の嗜みもあって、色の白い美男である。ただこの人には肝癪《かんしやく》持ちという病があるだけである。さて二人が夫婦になったところが、るんはひどく夫を好いて、手に据えるように大切にし、七十八歳になる夫の祖母にも、血を分けたものも及ばぬほどやさしくするので、伊織はいい女房を持ったと思って満足した。それで不断の肝癪は全く跡を収めて、何事をも勘弁するようになっていた。

翌年は明和五年で伊織の弟宮重はまだ七五郎といっていたが、主家《しゆうけ》のその時の当主松平石見守乗穏《いわみのかみのりやす》が大番頭になったので、自分も同時に大番組に入《い》った。これで伊織、七五郎の兄弟は同じ勤めをすることになったのである。

この大番という役には、京都二条の城と大坂の城とに交代して詰めることがある。

20　宝暦二年　一七五二年。21　尾張中納言宗勝　徳川宗勝。尾張名古屋藩徳川家第八代藩主。一七〇五―六一年。22　宗睦　一七三三―一八〇〇年。23　冒して　他人の姓を名乗って。24　顴骨　ほおぼね。

伊織が妻を娶《めと》ってから四年たって、明和八年に松平石見守が二条在番のことになった。そこで宮重七五郎が上京しなくてはならぬのに病気であった。当時は代人差し立てということができたので、伊織が七五郎の代人として石見守に付いて上京することになった。伊織は、ちょうど妊娠して臨月になっているるんを江戸に残して、明和八年四月に京都へ立った。

伊織は京都でその年の夏を無事に勤めたが、秋風の立ち初《そ》める頃、ある日寺町通《どおり》の刀剣商の店で、質流れだといういい古刀を見出《みいだ》した。かねていい刀が一腰欲しいと心掛けていたので、それを買いたく思ったが、代金百五十両というのが、伊織の身にとっては容易ならぬ大金であった。

伊織は万一の時の用心に、いつも百両の金を胴巻きに入れて体に付けていた。それを出すのは惜しくはない。しかしあと五十両の才覚ができない。そこで百五十両は高くはないと思いながら、商人にいろいろ説いて、とうとう百三十両までに負けてもらうことにして、買い取る約束をした。三十両は借財をするつもりなのである。

伊織が金を借りた人は相番《あいばん》[25]の下島甚右衛門《じんえもん》というものである。平生親しくはせぬが、工面[26]のいいということを聞いていた。そこでこの下島に三十両借りて刀を手に入れ、拵[27]えを直しに遣《や》った。

そのうち刀ができてきたので、伊織はひどく嬉《うれ》しく思って、あたかもよし八月十五夜に、親しい友達柳原小兵衛《こへえ》ら二、三人を招いて、刀の披露かたがた馳走《ちそう》をした。友達は皆刀を褒めた。酒酣《たけなわ》になった頃、ふと下島がその席へ来合わせた。めったに来ぬ人なので、伊織は金の催促に来たのではないかと、まず不快に思った。しかし金を借りた義理があるので、杯をさして団欒《まとい》に入れた。

しばらく話をしているうちに、下島の言葉に何となく角があるのに、一同気が付いた。下島は金の催促に来たのではないが、自分の用立てた金で買った刀の披露をするのに自分を招かぬのを不平に思って、わざと酒宴の最中に尋ねてきたのである。

下島は二言三言伊織と言い合っているうちに、とうとうこういうことを言った。「刀は御奉公のために大切な品だから、ずいぶん借財をして買ってもよかろう。しかしそれに結構な拵えをするのは贅沢《ぜいたく》だ。その上借財のある身分で刀の披露をしたり、月見をしたりするのは不心得だ。」と言った。

25 **相番** 大番勤めの仲間。26 **工面** 金回り。27 **拵え** 刀の柄《つか》・鞘《さや》に施す、細工や塗りなどの外装。刀装。

この言葉の意味よりも、下島の冷笑を帯びた語気が、いかにも聞き苦しかったので、俯向《うつむ》いて聞いていた伊織はもちろん、一座の友達が皆不快に思った。

伊織は顔を挙げて言った。「ただ今のお言葉は確かに承った。そのご返事はいずれ恩借の金子《きんす》を持参した上で、改めて申し上げる。親しい間柄といいながら、今晩わざわざ請待《しょうたい》した客の手前がある。どうぞこの席はこれでお立ち下されい。」と言った。

下島は顔色が変わった。「そうか。帰れと言うなら帰る。」こう言い放って立ちしなに、下島は自分の前に据えてあった膳を蹴返した。

「これは。」と言って、伊織は傍《はた》にあった刀を取って立った。伊織の顔色はこの時変わっていた。

伊織と下島とが向き合って立って、二人が目と目を見合わせた時、下島が一言「たわけ。」と叫んだ。その声とともに、伊織の手に白刃が閃《ひらめ》いて、下島は額を一刀切られた。

下島は切られながら刀を抜いたが、伊織に刃向うかと思うと、そうでなく、白刃を引っ提げたまま、身を翻して玄関へ逃げた。

伊織が続いて出ると、脇差しを抜いた下島の仲間《ちゅうげん》が立ち塞《ふさ》がった。「退《の》け。」と叫んだ伊織の横に払った刀に仲間は腕を切られて後ろへ引いた。

その隙《ひま》に下島との間に距離が生じたので、伊織が一飛びに追い縋《すが》ろうとした時、跡から付いてきた柳原小兵衛が、「逃げるなら逃がせい。」と言いつつ、後ろからしっかり抱き締めた。相手が死なずに済んだなら、伊織の罪が軽減せられるだろうと思ったからである。

伊織は刀を柳原にわたして、しおしおと座に返った。そして黙って俯向いた。

柳原は伊織の向かいにすわって言った。「今晩のことはおれをはじめ、一同が見ていた。いかにも勘弁できぬと言えばそれまでだ。しかし先へ刀を抜いた所存を、一応聞いておきたい。」と言った。

伊織は目に涙を浮かべてしばらく答えずにいたが、口を開いて一首の歌を誦《じゆ》した。

「いまさらに何とか言はむ黒髪の
　　みだれ心はもとすゑもなし[28]」

28　もとすゑもなし「もと」は根本。「すゑ」は枝葉。大事なこととそうでないことの区別がつかないこと。自らの乱心をそうたとえた。

下島は額の創《きず》が存外重くて、二、三日たって死んだ。伊織は江戸へ護送せられて取り調べを受けた。判決は「心得違えの廉《かど》をもって、知行召し放され、[29]有馬《ありま》左兵衛佐允《さひようえのすけまさ》純《ずみ》へ永《なが》の[30]御預け仰せ付けらる。」ということであった。伊織が幸橋《さいわいばし》外の有馬屋敷から、越前国《えちぜんのくに》丸岡へ遣られたのは、[31]安永と改元せられた翌年の八月である。

後に残った美濃部家の家族は、それぞれ親類が引き取った。伊織の祖母貞松院《ていしょういん》は宮重七五郎方に行き、父の顔を見ることのできなかった嫡子平内と、妻るんとは有竹の分家になっている笠原新八郎方に行った。

二年ほどたって、貞松院が寂しがってよめのところへいっしょになったが、まもなく八十三歳で、病気というほどの容体もなく死んだ。安永三年八月二十九日のことである。

翌年また五歳になる平内が流行の[32]疱瘡《ほうそう》で死んだ。これは安永四年三月二十八日のことである。

るんは祖母をも息子をも、力の限り介抱して臨終を見届け、松泉寺に葬った。そこでるんは一生武家奉公をしようと思い立って、世話になっている笠原をはじめ、親類に奉公先を捜すことを頼んだ。

しばらくたつと、有竹氏の主家[33]戸田淡路守氏養《うじきよ》の隣邸、筑前国《ちくぜんのくに》福岡の領主黒田家の当主[34]松平筑前守治之《ちくぜんのかみはるゆき》の奥で、物慣れた女中を欲しがっているという噂が聞こえた。笠原は人を頼んで、そこへるんを[35]目見えに遣った。氏養というのは、六年前《ぜん》に氏之《うじゆき》の跡を継いだ戸田家の当主である。

黒田家ではるんを一目見て、すぐに雇い入れた。これが安永六年の春であった。

るんはこれから文化五年七月まで、三十一年間黒田家に勤めていて、治之、治高《はるたか》、斉隆《なりたか》、斉清《なりきよ》四代の奥方に仕え、表使い格に進められ、隠居して終身二人[36]扶持《ふち》を貰《もら》うことになった。この間るんは給料のうちから松泉寺へ金を納めて、美濃部家の墓に香華を絶やさなかった。

---

29 **有馬左兵衛佐允純** 越前《えちぜん》国（現在の福井県）丸岡藩主有馬家第四代。一七四七—七二年。30 **御預け** 禁固刑の一つ。大名預け、寺預け、町預け、村預け、親類預けなどがある。「永の預け」は、終身刑。31 **安永** 一七七二—八一年。32 **疱瘡** 天然痘《とう》の俗称。33 **戸田淡路守氏養** 三河国（現在の愛知県東部）畑村藩主戸田家第四代。一七五八—八五年。34 **松平筑前守治之** 黒田治之。筑前国福岡藩主黒田家第七代。一七五三—八一年。35 **目見え** 奉公しようとする者が主家に出向き、吟味を受けること。36 **扶持** 一人扶持は、一日玄米五合の支給。

隠居を許された時、るんはいったん笠原方へ引き取ったが、まもなく故郷の安房《あわ》へ帰った。当時の朝夷郡真門村で、今の安房郡江見村《えみむら》である。

その翌年の文化六年に、越前国丸岡の配所で、安永元年から三十七年間、人に手跡や剣術を教えて暮らしていた夫伊織が、「三月八日浚明院殿《37しゅんめいいんでん》御追善のため、御慈悲の思《おぼ》し召しをもって、永の御預け御免仰せ出《い》だされて、」江戸へ帰ることになった。それを聞いたるんは、喜んで安房から江戸へ来て、竜土町の家で、三十七年ぶりに再会したのである。

37 浚明院殿　徳川家治《いえはる》。第一〇代将軍。一七三七―八六年。「浚明院殿」はその諡号《しごう》。

寒山拾得
かんざんじっとく

発表――一九一六（大正五）年
高校国語教科書初出――一九五〇（昭和二五）年

三省堂『新国語 われらの読書 三』
成城国文学会『現代国語 三下』

唐の貞観《じょうがん》[1]の頃だというから、西洋は七世紀の初め日本は年号というもののやっとで き掛かった時である。閭丘胤《りょきゅういん》という官吏がいたそうである。もっともそんな人はいなかったらしいと言う人もある。なぜかというと、閭は台州[2]の主簿[3]になっていたと言い伝えられているのに、新旧の『唐書《とうじょ》』[4]に伝が見えない。主簿といえば、刺史[5]とか太守[6]とかいうと同じ官である。支那《しな》全国が道に分かれ、道が州または郡に分かれ、それが県に分かれ、県の下に郷《ごう》があり郷の下に里がある。州には刺史といい、郡には太守という。いったい日本で県より小さいものに郡の名を付けているのは不都合だと、吉田《よしだ》[7]東伍《とうご》さんなんぞは不服を唱えている。閭が果たして台州の主簿であったとすると日本

1 **貞観**　唐の太宗時代の年号。六二七―四九年。 2 **台州**　浙江《せっこう》省東部。その名称は天台山によるという。 3 **主簿**　文書・帳簿を管理する役人。 4 **『唐書』**　中国の正史の一つで、唐一代の歴史を記した書。『旧《く》唐書』と『新唐書』の二種がある。 5 **刺史**　州の長官。 6 **太守**　郡の長官。 7 **吉田東伍**　歴史学者、地理学者。一八六四―一九一八年。著書に、『倒叙日本史』『大日本地名辞書』などがある。

の府県知事くらいの官吏である。そうして見ると、『唐書』の列伝に出ているはずだというのである。しかし閭がいなくては話が成り立たぬから、ともかくもいたことにしておくのである。

さて閭が台州に着任してから三日目になった。長安[8]で北支那の土埃《つちほこり》を被《かぶ》って、濁った水を飲んでいた男が台州に来て中央支那の肥えた土を踏み、澄んだ水を飲むことになったので、上機嫌である。それにこの三日の間に、多人数の下役が来て謁見をする。受け持ち受け持ちの事務を形式的に報告する。その慌ただしい中に、地方長官の威勢の大きいことを味わって、意気揚々としているのである。

閭は前日に下役のものに言っておいて、今朝は早く起きて、天台県[9]の国清寺[10]をさして出掛けることにした。これは長安にいた時から、台州に着いたら早速行こうと決めていたのである。

何の用事があって国清寺へ行くかというと、それには因縁がある。閭が長安で主簿の任命を受けて、これから任地へ旅立とうとした時、あいにくこらえられぬほどの頭痛が起こった。単純なレウマチス[11]性の頭痛ではあったが、閭は平生から少し神経質であったので、掛かり付けの医者の薬を飲んでもなかなかおらない。これでは旅立ちの日を延ばさなくてはなるまいかと言って、女房と相談していると、そこへ小女《こおんな》が来て、「ただいまご門の前へ乞食坊主がまいりまして、ご主人にお目に掛かりたいと申しますがいかがいたしましょう。」と言った。

「ふん、坊主か。」と言って閭はしばらく考えたが、「とにかく会ってみるから、ここへ通せ。」と言い付けた。そして女房を奥へ引っ込ませた。

元来閭は科挙[12]に応ずるために、経書[13]を読んで、五言の詩[14]を作ることを習ったばかりで、仏典を読んだこともなく、『老子』[15]を研究したこともない。しかし僧侶や道士[16]というものに対しては、なぜということもなく尊敬の念を持っている。自分の会得せぬものに対する、盲目の尊敬とでもいおうか。そこで坊主と聞いて会おうと言ったので

8 **長安** 唐の首都。陝西《せんせい》省長安県西安。黄河の支流渭水《いすい》のほとりにある。 9 **天台県** 浙江省東部の県。 10 **国清寺** 浙江省の天台山仏隴峰《ぶつろうほう》のふもとにある寺。 11 **レウマチス** 関節や筋肉のこわばり、腫《は》れ、痛みなどの症状を呈する病気の称。古くは、悪い液が身体各部を流れて起こると考えられた。リウマチ。［英語］ rheumatism 12 **科挙** 官吏登用試験。 13 **経書** 儒教の聖典。「四書」「五経」など。 14 **五言の詩** 漢詩の形式の一つ。 15 **『老子』** 春秋戦国時代の老子の遺著。『老子道徳経』ともいう。儒教の仁義を排し、無為自然を尊ぶ思想を述べたもの。 16 **道士** 道教の修行者。道教は、老子を祖とする道家の思想に、中国古代の民間信仰や神仙説などが加わった宗教。

ある。

間もなく入ってきたのは、一人の背の高い僧であった。垢《あか》つき破れた法衣《ほうえ》を着て、長く伸びた髪を、眉の上で切っている。目に被《かぶ》さってうるさくなるまで打ち遣《や》っておいたものと見える。手には鉄鉢を持っている。

僧は黙って立っているので閭が問うてみた。「わたしに会いたいと言われたそうだが、なんのご用かな。」

僧は言った。「あなたは台州へおいでなさることにおなりなすったそうでございますね。それに頭痛に悩んでおいでなさると申すことでございます。わたくしはそれを治して進ぜようと思って参りました。」

「いかにも言われる通りで、その頭痛のために出立《しゅったつ》の日を延ばそうかと思っていますが、どうして治してくれられるつもりか。何か薬方[17]でもご存じか。」

「いや。四大[18]の身を悩ます病は幻でございます。ただ清浄《しょうじょう》な水がこの受糧器[19]に一ぱいあればよろしい。呪《まじな》いで治して進ぜます。」

「はあ呪いをなさるのか。」こう言って少し考えたが「仔細《しさい》あるまい、一つまじなって下さい。」と言った。これは医道のことなどは平生深く考えてもおらぬので、どういう治療ならさせる、どういう治療ならさせぬという定見がないから、ただ自分の悟性[20]に依頼して、その折々に判断するのであった。もちろんそういう人だから、掛かり付けの医者というのもよく人選をしたわけではなかった。『素問』[21]や『霊枢』[22]でも読むような医者を捜して決めていたのではなく、近所に住んでいて呼ぶのに面倒のない医者に懸かっていたのだから、ろくな薬は飲ませてもらうことができなかったのである。今乞食坊主に頼む気になったのは、なんとなくえらそうに見える坊主の態度に信を起こしたのと、水一ぱいでする呪いなら間違ったところで危険なこともあるまいと思ったのとのためである。ちょうど東京で高等官[23]連中が紅療治[24]や気合い術[25]に依頼するのと同じことである。

閭は小女を呼んで、汲《く》み立ての水を鉢に入れてこいと命じた。水が来た。僧はそれを受け取って、胸に捧《ささ》げて、じっと閭を見詰めた。清浄な水でもよければ、不潔な水

17 **薬方** 薬の処方。調剤の方法。 18 **四大** 万物を構成する四種の要素。すなわち地・水・火・風。 19 **受糧器** 托《たく》鉢《はつ》に際し施し物を受ける鉢。 20 **悟性** 論理的思惟《しい》能力。 21 **『素問』** 中国最古の医書。 22 **『霊枢』** 『素問』と合わせて「黄帝内経」といわれる。同じく古来医家に尊ばれた。 23 **高等官** 官吏等級の一つで、勅任官、奏任官の総称。 24 **紅療治** 紅花のしぼり汁を使った民間療法。 25 **気合い術** 原始的精神療法の一つ。種々の呪文をもって患者を催眠状態に誘い、気合いをかけて治療に導くもの。

でもよい、湯でも茶でもよいのである。不潔な水でなかったのは、閭がためには勿怪《もつけ》の幸いであった。しばらく見詰めているうちに、閭は覚えず精神を僧の捧げている水に集注した。

　この時僧は鉄鉢の水を口に銜《ふく》んで、突然ふっと閭の頭に吹き懸けた。

　閭はびっくりして、背中に冷や汗が出た。

「お頭痛は。」と僧が問うた。

「あ。治りました。」実際閭はこれまで頭痛がする、頭痛がすると気にしていて、どうしても治らせずにいた頭痛を、坊主の水に気を取られて、取り逃してしまったのである。

　僧は静かに鉢に残った水を床に傾けた。そして「そんならこれでお暇《いとま》をいたします。」と言うやいなや、くるりと閭に背中を向けて、戸口のほうへ歩き出した。

「まあ、ちょっと。」と閭が呼び留めた。

　僧は振り返った。「何かご用で。」

「寸志のお礼がいたしたいのですが。」

「いや。わたくしは群生《ぐんしよう》[26]を福利し、憍慢《きようまん》[27]を折伏《しやくぶく》するために、乞食《こつじき》はいたしますが、療治代は戴《いただ》きませぬ。」

「なるほど。それでは強いては申しますまい。あなたはどちらのお方か、それを伺っておきたいのですが。」

「これまでおったところでございますか。それは天台[28]の国清寺で。」

「はあ。天台におられたのですな。お名は。」

「豊干《ぶかん》と申します。」

「天台国清寺の豊干とおっしゃる。」閭はしっかりおぼえておこうと努力するように、眉を顰《ひそ》めた。「わたしもこれから台州へ行くものであってみれば、ことさらお懐かしい。ついでだから伺いたいが、台州には会いにいってためになるような、えらい人はおられませんかな。」

「さようでございます。国清寺に拾得《じっとく》と申すものがおります。実は普賢[29]《ふげん》でございます。それから寺の西の方に、寒巌《かんがん》という石窟があって、そこに寒山と申すものがおります。

26 **群生を福利し** 多くの生き物に幸福をもたらし。 27 **憍慢を折伏する** 驕《おご》る者の邪見を打ち破る。 28 **天台** 天台山。浙江省にある山系の最高峰で、神仙や道士が多く住む。中国仏教三大霊場の一つ。 29 **普賢** 普賢延命菩薩《ぼさつ》ともいい、文殊菩薩とともに釈迦の脇士《わきじ》（右方）として慈悲をつかさどる。

実は文殊《もんじゅ》[30]でございます。さようならお暇をいたします。」こう言ってしまって、ついと出ていった。

こういう因縁があるので、閭は天台の国清寺をさして出懸けるのである。

全体世の中の人の、道とか宗教とかいうものに対する態度に三通りある。自分の職業に気を取られて、ただ営々役々と年月を送っている人は、道というものを顧みない。これは読書人でも同じことである。もちろん書を読んで深く考えたら、道に到達せずにはいられまい。しかしそうまで考えないでも、日々の務めだけは弁じていかれよう。これは全く無頓着な人である。

次に着意して道を求める人がある。専念に道を求めて、万事を抛《なげう》つこともあれば、日々の務めは怠らずに、断えず道に志していることもある。儒学に入っても、道教に入っても、仏法に入っても基督《クリスト》教に入っても同じことである。こういう人が深く入り込むと日々の務めがすなわち道そのものになってしまう。約《つづ》めて言えばこれは皆道を求める人である。

この無頓着な人と、道を求める人との中間に、道というものの存在を客観的に認めていて、それに対して全く無頓着だというわけでもなく、さればといって自ら進んで道を求めるでもなく、自分をば道に疎遠な人だと諦《あきら》め、別に道に親密な人がいるように思って、それを尊敬する人がある。尊敬はどの種類の人にもあるが、単に同じ対象を尊敬する場合を顧慮して言ってみると、道を求める人なら遅れているものが進んでいるものを尊敬することになり、ここに言う中間人物なら、自分のわからぬもの、会得することのできぬものを尊敬することになる。そこに盲目の尊敬が生ずる。盲目の尊敬では、たまたまそれをさし向ける対象が正鵠《せいこく》を得ていても、なんにもならぬのである。

閭は衣服を改め輿[31]《よ》に乗って、台州の官舎を出た。従者が数十人ある。

---

30 文殊　文殊師利菩薩ともいい、釈迦の脇士（左方）として、知恵をつかさどる。31 輿　こし。両手でかつぐ乗り物。

時は冬の初めで、霜が少し降っている。[32]椒江《しょうこう》の支流で、[33]始豊渓《しほうけい》という川の左岸を迂回《うかい》しつつ北へ進んでいく。初め曇っていた空がようよう晴れて、蒼白《あおじろ》い日が岸の紅葉《もみじ》を照らしている。道で出合う老幼は、皆輿を避けて跪《ひざまず》く。輿の中では閭がひどくいい心持ちになっている。[34]牧民の職にいて賢者を礼するというのが、手柄のように思われて、閭に満足を与えるのである。

台州から天台県までは六十里半[35]ほどである。日本の六里半ほどである。ゆるゆる輿を舁《か》かせてきたので、県から役人の迎えに出たのに会った時、もう午《ひる》を過ぎていた。[36]知県の官舎で休んで、馳走《ちそう》になりつつ聞いてみると、ここから国清寺までは、爪先上がりの道がまた六十里ある。行き着くまでには夜に入りそうである。そこで閭は知県の官舎に泊まることにした。

翌朝知県に送られて出た。きょうもきのうに変わらぬ天気である。いったい天台一[37]万八千丈とは、いつ誰《たれ》が測量したにしても、所詮《しょせん》高過ぎるようだが、とにかく虎のいる山である。道はなかなかきのうのようには捗《はかど》らない。途中で午飯を食って、日が西に傾き掛かった頃、国清寺の[38]三門に着いた。[39]智者大師の滅後に、隋《ずい》の[40]煬帝《ようだい》が建てたという寺である。

寺でも主簿のご参詣だというので、おろそかにはしない。道翹《どうぎょう》という僧が出迎えて、閭を客間に案内した。さて茶菓の饗応《きょうおう》が済むと、閭が問うた。「当寺に豊干という僧がおられましたか。」

道翹が答えた。「豊干とおっしゃいますか。それは先頃まで、本堂の後ろの僧院におられましたが、行脚に出られたきり、帰られませぬ。」

「当寺ではどういうことをしておられましたか。」

「さようでございます。僧どもの食べる米を舂《つ》いておられました。」

「はあ。そして何か外の僧たちと変わったことはなかったのですか。」

「いいえ。それがございましたので、初めただ骨惜しみをしない、親切な同宿[41]だと存じていました豊干さんを、わたくしどもが大切にいたすようになりました。するとある日ふいと出ていってしまわれました。」

32 **椒江**　浙江省臨海市を東流して台州湾に注ぐ川。 33 **始豊渓**　天台山の西南を東流して椒江に注ぐ川。 34 **牧民**　地方の民を治めること。 35 **里**　距離の単位。中国の一里は、約五〇〇メートル。日本の一里は、約四キロメートル。 36 **知県**　県の長官。 37 **丈**　長さの単位。一丈は、約三メートル。 38 **三門**　本堂の前の門。山門。 39 **智者大師**　智顗《ちぎ》。隋《ずい》の高僧。天台宗の開祖。五三八―九七年。 40 **煬帝**　隋の第二代の皇帝。五六九―六一八年。 41 **同宿**　同僚。

「それはどういうことがあったのですか。」

「全く不思議なことでございました。ある日山から虎に乗って帰って参られたのでございます。そしてそのまま廊下へ入って、虎の背で詩を吟じて歩かれました。いったい詩を吟ずることの好きな人で、裏の僧院でも、夜になると詩を吟ぜられました。」

「はあ。生きた阿羅漢《あらかん》[42]ですな。その僧院の跡はどうなっていますか。」

「ただ今も空き家になっておりますが、折々夜になると、虎が参って吼《ほ》えております。」

「そんならご苦労ながら、そこへご案内を願いましょう。」こう言って、閭は座を立った。

道翹は蛛《くも》の網《い》を払いつつ先に立って、閭を豊干のいた空き家に連れていった。日がもう暮れ掛かったので、薄暗い屋内を見回すに、がらんとして何一つない。道翹は身を屈めて石畳の上の虎の足跡を指さした。たまたま山風が窓の外を吹いて通って、堆《うずたか》い庭の落ち葉を巻き上げた。その音が寂寞《せきばく》を破ってざわざわと鳴ると、閭は髪の毛の根を締め付けられるように感じて、全身の肌に粟《あわ》を生じた。

閭は忙《せわ》しげに空き家を出た。そして跡から付いてくる道翹に言った。「拾得という僧はまだ当寺におられますか。」

道翹は不審らしく閭の顔を見た。「よくご存じでございます。先刻あちらの厨[43]《くりや》で、寒山と申すものと火に当たっておりましたから、ご用がおありなさるなら、呼び寄せましょうか。」

「ははあ。寒山も来ておられますか。それは願ってもないことです。どうぞご苦労ついでに厨にご案内を願いましょう。」

「承知いたしました。」と言って、道翹は本堂に付いて西へ歩いていく。

閭が背後から問うた。「拾得さんはいつ頃から当寺におられますか。」

「もうよほど久しいことでございます。あれは豊干さんが松林の中から拾って帰られた捨て子でございます。」

「はあ。そして当寺では何をしておられますか。」

「拾われて参ってから三年ほど立ちました時、食堂《じきどう》で上座の像[44]に香を上げたり、灯明

42 **阿羅漢**　煩悩《ぼんのう》を脱し生死を離れて、悟りを得た者。仏教修行の最高段階。［サンスクリット語］arhar　43 **厨**　台所。44 **上座の像**　賓頭盧《びんずる》尊者の像。唐代まで、その像を食堂に安置した。

を上げたり、その外供えものをさせたりいたしましたそうでございます。そのうちある日上座の像に食事を供えておいて、自分が向き合っていっしょに食べているのを見付けられましたそうでございます。賓頭盧《びんずる》尊者《そんじゃ》[45]の像がどれだけ尊いものか存ぜずにいたしたことと見えます。ただ今では厨で僧どもの食器を洗わせております。」

「はあ。」と言って、閭は二足三足歩いてから問うた。「それからただ今寒山とおっしゃったが、それはどういう方ですか。」

「寒山でございますか。これは当寺から西の方の寒巌《かんがん》と申す石窟に住んでおりますものでございます。拾得が食器を洗います時、残っている飯や菜を竹の筒に入れて取っておきますと、寒山はそれを貰《もら》いに参るのでございます。」

「なるほど。」と言って、閭は付いていく。心のうちでは、そんなことをしている寒山、拾得が文殊、普賢なら、虎に乗った豊干はなんだろうなどと、田舎者が芝居を見て、どの役がどの俳優かと思い惑う時のような気分になっているのである。

「はなはだむさくるしいところで。」と言いつつ、道翹は閭を厨のうちに連れ込んだ。

ここは湯気がいっぱい籠《こ》もっていて、にわかに入ってみると、しかとものを見定めることもできぬくらいである。その灰色の中に大きい竈《かまど》が三つあって、どれにも残った薪《まき》が真っ赤に燃えている。しばらく立ち止まって見ているうちに、石の壁に沿うて造り付けてある卓《つくえ》の上で大勢の僧が飯や菜や汁を鍋釜《なべかま》から移しているのが見えてきた。

この時道翹が奥のほうへ向いて、「おい、拾得。」と呼び掛けた。

閭がその視線を辿《たど》って、入り口から一番遠い竈の前を見ると、そこに二人の僧の蹲《うずくま》って火に当たっているのが見えた。

一人は髪の二、三寸[46]伸びた頭を剃《む》き出して、足には草履を履いている。今一人は木の皮で編んだ帽を被って、足には木履[47]《ぼくり》を履いている。どちらも痩せて身すぼらしい小男で、豊干のような大男ではない。

道翹が呼び掛けた時、頭を剃き出したほうは振り向いてにやりと笑ったが、返事はしなかった。これが拾得だと見える。帽を被ったほうは身動きもしない。これが寒山

45 賓頭盧尊者　釈迦《しやか》の弟子で、十六羅漢の第一。白頭・長眉の相をそなえ、涅槃《ねはん》に入らず、天竺摩利支山《てんじくまりしせん》に住んで衆生を救う。46 寸　一寸は、約三センチメートル。47 木履　木で作った靴。

なのであろう。

閭はこう見当を付けて二人の傍《そば》へ進み寄った。そして袖を掻《か》き合わせて恭しく礼をして、「朝議大夫[48]、使持節[49]、台州の主簿、上柱国[50]、賜緋魚袋[51]、閭丘胤と申すものでございます。」と名乗った。

二人は同時に閭を一目見た。それから二人で顔を見合わせて腹の底から籠《こ》み上げてくるような笑い声を出したかと思うと、いっしょに立ち上がって、厨を駆け出して逃げた。逃げしなに寒山が「豊干がしゃべったな。」と言ったのが聞こえた。

驚いて跡を見送っている閭が周囲には、飯や菜や汁を盛っていた僧らが、ぞろぞろと来てたかった。道翹は真っ蒼《さお》な顔をして立ち竦《すく》んでいた。

---

48 朝議大夫 隋代の名誉官で、徳望のある者に賜った。唐代もこれに倣った。49 使持節 軍務をつかさどる総督。50 上柱国 国家に勲功のあった人に与える、唐代最高の名誉官名。51 賜緋魚袋 緋色の魚袋を賜る身分。「緋」は、五品以上の高官が身に着けた色。「魚袋」は宮中に出入りする際の割り符で、魚の形をしていた。

解説

作者について——森鷗外

中村良衛

「鷗外」はもちろん雅号である。作家、翻訳家、評論家としてこの名が用いられた。一方で本名である森林太郎《りんたろう》としての人生があった。錚々たる肩書きが、そこには並んでいる。陸軍軍医総監・医務局長（明治四〇年）、教科用図書調査委員会主査委員（明治四一年）、帝室博物館総長兼図書頭（大正六年）、帝国美術院初代院長（大正八年）、臨時国語調査会長（大正一〇年）等々。だが、当の鷗外は、その死に際し、次のように述べた。生涯の親友賀古鶴所《かこつるど》に書き取らせた遺書に言う。「余ハ石見ノ人森林太郎トシテ死セント欲ス　宮内省陸軍省皆縁故アレドモ生死ノ別ル、瞬間アラユル外形的取扱ヒヲ辞ス　森林太郎トシテ死セントス　墓ハ森林太郎ノ外一字モホル可ラス」すべての肩書きや称号を捨てたいとの依頼、いや、厳命である。また、彼の長男於菟《おと》に「臨終にせまつての譫言は『馬鹿々々しい』の一言であつたさうで」との証言がある。何を「馬鹿々々しい」と思ったのか。

鷗外が四九歳の時に発表した『妄想』（明治四四年）にこうある。「生れてから今日まで、自分は何をしてゐるか。（中略）自分のしてゐる事は、役者が舞台へ出て或る役を勤めてゐるに過ぎないやうに感ぜられる。その勤めてゐる役の背後に、別に何物かが存在してゐなくてはならないやうに感ぜられる。策《むち》うたれ駆られてばかりゐる為めに、その何物かが醒覚する暇がないやうに感ぜられる。勉強する子供から、勉強する学校生徒、勉強する官吏、勉強する留学生といふのが、皆その役である。」彼にとって、肩書きや地位はいわば「役」に過ぎず、その死は、まさに「舞台」から降り、解放される最後の機会と捉えられていたのかもしれない。そして、「鷗外」とは、「策うたれ駆られ」るのではなく、主体的に勤めるべく自ら生み出した「役」だったのかもしれない。

意に沿わない役を引き受けさせられているのならば、それを辞すればよい。これは今の我々の感覚である。そうした感覚とははるかに遠い所に、その人生は構築されていた。

鷗外森林太郎は文久二年一月一九日（陽暦二月一七日）、石見国鹿足《かのあし》津和野に生まれた。代々続く、津和野藩の典医（大名お抱え医）の十四世十一代となる。身分は士分だが、その地位は決して高くはない。しかも鷗外の曽祖父の代に不祥事があり、格下げの処分を受けた。長男立本《りゅうほん》は早世、次男覚馬《かくま》は西家の養子となり（その孫が西周《にしあまね》）、三男秀菴《しゅうあん》は出奔してしまったため、家を存続させるべく、男子を養子にして九代を継がせ（白仙《はくせん》）、彼に女子・清《きよ》を娶った。これが鷗外の祖父母である。この二人の間に男児貞吉が生まれたが夭折、女児・峰《みね》に婿養子として静男《しずお》を迎え、彼が十代となる。この両親の間に生まれた待望の男児が林太郎であった。文久二年は明治維新に先立つこと六年、坂下門の変、池田屋事件、生麦事件などが起きた年である。やがて訪れた幕藩体制の崩壊は、不遇を託った森家に、家名復興の思いを強く抱かせることになった。その思いを一身に背負わされたのが、林太郎にほかならない。「我が名をなさん、我が家を興さん」(『舞姫』)は太田豊太郎《おおたとよたろう》の欲望だったが、鷗外にとってこれらは果たすべき使命だった。

四歳で四書五経を学び、次いで藩校養老館に入って蘭学を習った。早くから英才ぶりを発揮し、明治五年、一〇歳となった鷗外は父に伴われて上京、西周邸に寄寓し、本郷の進文学舎でドイツ語を学んだ。翌年には一家が上京、同年一一月、第一大学区医学校予科(後の東京大学医学部)に入学する。まだ一二歳で規定年齢に達していなかったため、生年を二年早めての受験だった。予科二年、本科五年の課程を終え、明治一四年七月、東大医学部を二八人中八番の成績で卒業。満一九歳六カ月、最年少の学士であった。

卒業後は家の意向もあって軍医の道を選び、一二月、陸軍軍医副として勤務した。明治一七年六月、ドイツ留学を命じられる。課せられたのは衛生学の研究である。衛生学とは一言でいえば環境整備のための学問であり、自然科学と社会科学が複合した、当時の最先端を行くものであった。鷗外はライプチヒ、ドレスデン、ミュンヘン、ベルリンの各大学で、ペッテンコーフェルやコッホに師事しながら、都市工学や、細菌学を学び、実験と観察という科学的精神・方法を体得していった。またその傍ら文学や歴史・哲学にも親しみ、「森鷗外」の素地が作られた。語学をよくしていたことも手伝って、その吸収・理解は決して浅からず、眼は果実だけでなく根やそれを育む土壌にまで届いていた。しかしそのことが逆に陰鬱な予感をもたらす。「自分は結論丈を持つて帰るのではない。将来発展すべき萌芽を持つてゐる積りである。併し帰つて行く故郷には、その萌芽を育てる雰囲気が無い。少なくとも『まだ』無い。その萌芽も徒らに枯れてしまひはすまいかと気遣はれる」(『妄想』)。

明治二一年九月、帰国。都市改造をはじめ、建物、食物、仮名遣など、多岐にわたる改良を主張し、「戦闘的啓蒙」(唐木順三《からきじゅんぞう》)活動を展開する。が、彼の主張が正当に評価され、容れられたとはいいがたい。やはり帰国前の暗い予感が現実のものになったというべきだろう。また、エリーゼ・ヴィーゲルトというドイツ人女性が、彼の後を追いかけて来日するといういわゆる「エリス事件」があったが、義弟の小金井良精《こがねいよしきよ》を含む森家の人間が彼女を説得し、約一カ月後に帰国させた。そのこともあって強引に縁談が進められ、海軍中将赤松則良《あかまつのりよし》の長女登志子《としこ》との婚約が決まる。明治二二年三月に結婚、翌二三年九月に長男於菟が生まれたが、もともと彼の意に沿うものではなく、一〇月には離婚に至る。

この年は「森鷗外」にとっても記憶されるべき年であった。既に明治二二年に井上通泰《いのうえみちやす》、落合直文《おちあいなおぶみ》、妹喜美子《きみこ》らと訳詩集『於母影』を発表、また雑誌「しがらみ草紙」を創刊するなど文学方面でも啓蒙活動を展開していたが、この明治二三年一月に『舞姫』を、八月には『うたかたの記』を発表。さらに翌年一月に発表した『文づかひ』を合わせてドイツ三部作と呼ばれる。ロマン主義の実作であり、引き続き理論に及んで明治二四年九月から翌年六月にかけて坪内逍遙《つぼうちしょうよう》との間で「没理想論争」を展開した。写実か理想かというその内容とともに、当代の知識人が文学を巡って論争したことが、「文学」に対する認識を新たにする契機となった。その活動はとどまるところを知らず、明治二五年には『水沫集《みなわしゅう》』を刊行、『即興詩人』の翻訳連載も開始する。私生活では本郷駒込千駄木に観潮楼を建て、生活の拠点が定まった。

官界においては順調に出世していった。明治二六年「傍観機関」論争を起こすなどその戦闘的姿勢は相変わらずだが、一等軍医正、陸軍軍医学校校長となり、その翌年には日清戦争のため韓国、中国に出征、翌二八年には陸軍軍医監に昇進。さらに台湾総督府陸軍軍医部長を経て凱旋、再び軍医学校校長となる。この頃には戦闘的姿勢は影を潜め、文学の方では老大家といった位置づけとなる。「しがらみ草紙」の後身「めざまし草」を創刊、そこに掲げた幸田露伴《こうだろはん》・齋藤緑雨《さいとうりょくう》と三人による合評「三人冗語」で『たけくらべ』の作者樋口一葉《ひぐちいちよう》を発掘したことは有名。評論などの執筆活動を続けながら、明治三一年近衛師団軍医部長兼軍医学校長となる。

転機はその翌年に訪れた。軍医監に昇格、第一二師団軍医部長に任じられ、九州小倉に転出する。昇格ではあるが、これは左遷と見なされる。裏に、軍医部の統括者となった大学同期の小池正直《こいけまさなお》の存在があったと言われる。弟潤三郎によれば鷗外は辞職すら考えたといい、鷗外自身も「鷗外漁史《ぎょし》は死んだ」(『鷗外漁史とは誰ぞ』)と記すほどであったが、結果としてこの足かけ四年に及ぶ小倉での日々は次の飛躍のための雌伏期間となった。『審美綱領』(明治三二年)をはじめとする美学論をまとめ、また『即興詩人』の完訳作業を続けた(帰京後に刊行)。私生活でも、大審院判事荒木《あらき》博臣《ひろおみ》娘志《し》げと再婚することにもなった。

明治三五年三月、東京第一師団軍医部長として帰京、復活を遂げた。明治三七年には日露戦争に第二軍軍医部長として出征、明治三九年に凱旋すると、翌年には引退した小池正直の後任として陸軍軍医総監・陸軍省医務局長に就任、大正五年に辞職するまで務めた。これは陸軍軍医としての最高地位である。これと相前後して鷗外としての活動も活発化する。明治三九年には「常磐会歌会」を賀古鶴所と主宰、山県有朋《やまがたありとも》との接点が生まれた。明治四〇年には自宅で「観潮楼歌会」を開催、石川啄木《いしかわたくぼく》や吉井勇《よしいいさむ》など若い作家たちとの関係が生まれた。そして、彼らとの関係のなかで創作活動を再開、「豊熟の時代」(木下杢太郎《きのしたもくたろう》)を迎える。そこには、漱石《そうせき》から受けた刺激や、全盛を誇っていた自然主義への反発、また陸軍内での地位の安定なども要因としてあったようだ。『うた日記』(明治四〇年)を経て、明治四二年には、若手を中心に創刊された雑誌「スバル」に参加、「小説といふものは何をどんな風に書いても好いものだ」(『追儺《ついな》』)とする自在な姿勢で、自身の家庭のいざこざを素材にした『半日』や、発禁処分を受けることになった『ヰタ・セクスアリス』、さらに漱石『三四郎』で感じた「技癢《ぎよう》」を執筆動機とする『青年』などを次々と発表した。明治四三年には慶應義塾大学文学科顧問となり、永井《ながい》荷風《かふう》を教授に推挙した。同年大逆事件が発生、被告の弁護に当たった平出修《ひらいでしゆう》に社会主義について教えたエピソードは有名だが、それは体制側に属する自身の立場の微妙さを物語る。『雁』『灰燼』などの長編と並行して書き進めた、「秀麿物」と呼ばれる『かのやうに』連作は、自分の立場がもたらす相克、秩序の中でのあるべき人間像の模索でもあった。そしてその問題は、舞台を過去に求めることでより深められていく。

きっかけとなったのは明治四五年七月の明治天皇の崩御と、その大喪当日の乃木希典《のぎまれすけ》夫妻の殉死である。この衝撃から『興津弥五右衛門の遺書』を執筆、以後、歴史小説を精力的に発表していく。『阿部一族』（大正二年）、『大塩平八郎』『安井夫人』（大正三年）、『山椒大夫』『ぢいさんばあさん』（大正四年）、『高瀬舟』『寒山拾得』（大正五年）など、歴史の虚構（「歴史離れ」）を借りて自分の理想の人物像を追求していた鷗外は、やがて、「歴史其儘《そのまま》」にその像を追求する手法を確立していく。すなわち史伝というジャンルであり、『渋江抽斎』（大正五年）に始まり、以後『伊沢蘭軒』（大正五〜六年）『細木香以《さいきこうい》』『北条霞亭《ほうじょうかてい》』（大正六年）などと続く。

史伝に取り組むようになったのは、大正五年に陸軍軍医総監の職を辞したことも手伝っていよう。もっとも、それを機に悠々自適の生活に入ったわけでは決してなく、冒頭に記したような「役」を次々と引き受け、多忙の日々を送っていた。大正九年には『帝諡考《ていし》』、翌年には『元号考』を発表、深い教養に裏打ちされた提言を行ったが、徐々に健康を害し、大正一一年七月九日、死去。享年六〇。死因は萎縮腎と肺結核であったが、後者については鷗外自身の指示により長く秘せられていた。その遺言については冒頭に触れた。墓は墨提の弘福寺に建てられたが、後三鷹禅林寺に移され、また故郷津和野永明寺にも分骨された。いずれの墓表にも、遺言通り「森林太郎墓」とのみ刻まれている。

自然を尊重する念

石川　淳

「十日（木）。晴。山椒大夫を校し畢《をは》る。歴史其儘《そのまゝ》と歴史離れの文章を草して佐佐木信綱にわたす。心の花に載せむためなり。Piano の室に煖炉を置く。」

　右は大正三年十二月の日記の一節である。翌年一月に発表されたこの「歴史其儘と歴史離れ」と題する文章は当時の鷗外の制作態度を簡潔に語っている。つぎに冒頭の数節を録す。

「わたくしの近頃書いた、歴史上の人物を取り扱つた作品は、小説だとか、小説でないとか云つて、友人間にも議論がある。しかし所謂《いはゆる》 normativ な美学を奉じて、小説はかうなくてはならぬと云ふ学者の少くなかつた時代には、この判断はなか〳〵むづかしい。わたくし自身も、これまで書いた中で、材料を観照的に看《み》た程度に、大分の相違のあるのを知つてゐる。中にも『栗山大膳』は、わたくしのすぐれなかつた健康と忙しかつた境界とのために、殆ど単に筋書をしたのみの物になつてゐる。そこでそれを太陽の某記者にわたす時、小説欄に入れずに、雑録様のものに交ぜて出して貰ひたいと云つた。某はそれを承諾した。さてそれが……（下略）」

「さうした行違のある栗山大膳は除くとしても、わたくしの前に言つた類の作品は、誰の小説とも違ふ。これは小説には、事実を自由に取捨して、纏《まと》まりを附けた迹《あと》がある習であるのに、あの類の作品にはそれがないからである。わたくしだつて、これは脚本ではあるが『日《にち》蓮上人辻説法《れんしやうにんつじせつぽふ》』を書く時なぞは、ずつと後の立正安国論を、前の鎌倉の辻説法に畳み込んだ。かう云ふ手段を、わたくしは近頃小説を書く時全く斥《しりぞ》けてゐるのである。」

「なぜさうしたかと云ふと、其動機は簡単である。わたくしは史料を調べて見て、其中に窺《うかが》はれる『自然』を尊重する念を発した。そしてそれを猥《みだり》に変更するのが厭《いや》になつた。これが一つである。わたくしは又現存の人が自家の生活をありの儘《まゝ》に書くのを見て、現在がありの儘に書いて好いなら、過去も書いて好い筈だと思つた。これが二つである。」

「わたくしのあの類の作品が、他の物と違ふ点は、巧拙は別として種々あらうが、其中核は右に陳《の》べた点にあると、わたくしは思ふ。」

「友人の中には、他人は『情』を以て物を取り扱ふのに、わたくしは『智』を以て扱ふと云つた人もある。しかしこれはわたくしの作品全体に渡つた事で、歴史上人物を取り扱つた作品に限つてはゐない。わたくしの作品は概して dionysisch でなくつて、apollonisch なのだ。わたくしはまだ作品を dionysisch にしようとして努力したことはない。わたくしが多少努力した事があるとすれば、それは只《たゞ》観照的ならしめようとする努力のみである。」

われわれは今なにが「小説だとか、小説でないとか云つて」別の方向に「議論」をはしらせることをさし控える。小説とは「事実を自由に取捨して、纏まりを附けた」ものであるかどうかも詮議しない。鷗外の「あの類の作品」にかぎって、実際にはかならずしもそういう迹が絶無だともきめられないであろう。作者は作品に於て理想化された実験をしとげたつもりでも、そこに干渉したであろう作者の個性は絶対に「観照的」な神ではありえないはずだからである。またアポロン的とかディオニゾス的とかいうことばにも拘泥しないでおく。出来上った作品はなるほどディオニゾス的とは見受けられないにしろ、作者が自分で「作品を dionysisch にしようとして努力したことはない」とことわっているのは御丁寧千万と聞える。なんとか的とは作者が書きながらには意識しない作品の性格に係《かかわ》るものなのだから、努力があらかじめ見当をつけて、そのへんをうろうろしようとか、しなかろうとかは通俗読物の場合以外には考えられない。電流のまわりに磁場が出来て、磁場の中に置かれた鉄片が磁石になったところで、なにも電流が磁石の出来ぐあいのために努力したわけでもあるまい。作者の努力は電流そのものに譬《たと》えることができる。磁石との関係では、無目的的だといえる。作品の客観性とは、このような精神の努力の無目的性に依って、作品が作者から離れたということであろう。だが、これはすべて無用の雑談である。上掲の引用文の中で、重要なことは「わたくしは史料を調べて見て、其中に窺はれる『自然』を尊重する念を発した」という一語に尽きる。

歴史と作者との交渉する場所は作者に於ける「自然を尊重する念」を離れてはどこにも成り立ちえない。この念は作者の眼から恣意の雲をはらうであろう。この念は作者の史料解釈の限界をなすものではあろうが、それゆえに作者の精神は他に拘泥するところなく自由なはたらき場をうるであろう。もっとも、この念さえあれば作品はかならずもっとも近似的な「自然」の値をあらわすことができるなどと、御方便な約束はあたえられていない。ただこれなくしては、作者が書いたと思った歴史はおそらく空虚な、すくなくとも脆弱な文字でしかあるまい。歴史を書くとき、ペンが史料を再組織しつつ、決して「自然」から迷子にならないという安定感を持っていられる拠りどころは、究極に於て、この念だけである。一つの史料の確実性が証明されたにしろ、それはかならずしもただちにペンの組織力に無過失性を授けてはくれない。いいかえれば、精密な校勘家がつねに活眼の歴史家だとは限らない。自然を尊重するという、そんな念だけが唯一の頼りだとは、歴史がいかに複雑なものか、また歴史を書くことがいかに困難であるかを語っている。自然を尊重する念の痛切なる所以が人間の眼を活眼ならしめるのであろう。すでに活眼の歴史家ならばかならず精密な校勘家であるはずだと、われわれは信じておくほかない。人間の眼など信ずるにたりない、史料などすべて眉唾物《まゆつばもの》だというのは、やすっぽい懐疑派である。そういう懐疑派には自殺はおろか酒に酔って溝《みぞ》に落ちることさえできない。われわれの今日この地上で生活しているということが人間の活眼を信じているということである。そうでなければ、われわれがときどきふっと遣《や》る瀬《せ》ない思いに取りつかれるというような、高尚な現象を生ずるわけがない。

ところで、歴史上の自然は物理的世界の自然ではない。探究者には数学のような万人共通の確実な方法があたえられていない。探究の結果、物理学が日月星辰《じつげつせいしん》の運行を支配する法則を見つけるようなぐあいに、歴史学が人間精神の運動の中にひそむ理法をつかまえてよく真に迫りうるかどうか判らない。そもそも理法ということばに相当するものがあるかどうかも判らない。物理学の発展に応じて、われわれの世界観は高次に変化して行く。その今日の世界観をもって、過去の人間の哲学を批評することはできても、生活現象の複雑を整理することはできない。すなわち、物理学に依って自然の意味が啓示されても、それになぞらえて歴史上の自然を判読することはできない。相手は日月星辰でもなく、微粒子でもなく、人間の群運動だからである。そして、人間はめいめい他に掛替《かけがえ》のない質を持っていて、太陽と比較すれば一瞬にして死ぬからである。こんな判りきったことを書くのは、歴史に対して、なにか科学的と自称する方法を事前に発明して乗りこむことがいかにあぶなっかしいはなしであるかを、ここにもう一度注意しておくためにほかならない。自然を尊重するという念を持続しつつ、はしからそくそく取りかかるよりほかに科学的な態度はないはずである。

しかし、自然を尊重するとは、史料の中に没頭して精神を見うしなうことであってはならない。歴史上の諸事件をつらぬくものは人間精神の運動である。その運動の具体的意味を知る手がかりとして後世に伝えられるものは、随時に発見採集されるところの部分的な史料しかない。われわれが虚心に丹念に史料をあつかわなくてはならぬとは大切なものを逃がさないための用心である。精神は光のようなもので、これより速いものはないので、影は文学の中にしか残らない。いわゆる史料は現象記録である。ひとがそこに精神をつかまえたとき、史料は生動するであろう。

さきに「大塩平八郎」の場合に、なにも鷗外がまったく「自然を尊重する念」を持っていなかったというのではない。たしかに有情の史料をあつかうに非情をもってしようと努めることは鷗外の建前である。「大塩平八郎」でも同様であった。しかるに、この作品が失敗したのは、作者の非情ぶりが頑固であったためではなく、反対に、瞥見《べっけん》された大塩の意図に面して作者がいつか有情的に態度を変えてしまったからである。作者が自分の人生観で眼をおおって、大塩の精神を見まいとしたからである。このとき、鷗外は史料を尊重したかも知れないが、結果においては自然を尊重しないのとおなじことになったといえる。げんに、大塩の乱を「米屋こはし」と評したのは、有情たっぷりの警句であった。別のところ（「灰燼《かいじん》」）で、鷗外は「日本には昔都会に米屋壊しと云ふのがあつた。それから百姓一揆が田舎にあつた。フランスにはbastille壊しがあつた。」と書いている。十八世紀末のパリの事件はバスティユこわしの一語をもって評し去らるべきものであろうか。もし鷗外がフランス革命を書いたとしたらば、おそらく大塩の乱に於けるのと似たような失敗を演じたであろう。その「大塩平八郎」の後一年にして、「歴史其儘《そのまま》と歴史離れ」の中で「自然を尊重する念」しかじかのことばが明記されているのは興味津津としている。皮肉などいっているのではない。これは鷗外の発展である。

元来、鷗外の考え方は物語の構想の場合でも作為を排して自然にしたがうことに傾いている。だいぶ後もどりするが、明治三十年「歌舞伎座合評より」の中で「俠客春雨傘《きょうかくはるさめがさ》」を評する条がある。当の狂言が愚劣なので、あまい例になるが、鷗外の考え方の片鱗をうかがわせるものとして左に掲げる。

「（前略）そこで暁雨が男達《をとこだて》になりましたところで、この男の先天的の相手とも申すべき鉄心斎が丁度自分の相方の葛城《かつらぎ》の突き出した薄雲の客になつて出て来て、わざ〳〵暁雨に額を割つて貰ふやうになりましたのは、まことに世話のない事で恐悦に存じます。何でも狂言を仕組むには、廻《めぐ》り合せの好い人物を出せば、世話が無いに相違ござりませぬ。近世の西洋人などは兎角かういふ廻り合せの好い事を嫌つて、自然の発展などと申して大層に苦労を致しまするこことでござります。」

すでに「廻り合せの好い」仕組を笑った鷗外は十余年の後、史実に拠って文をつくるに当って「自然を尊重する念」を発したのは当然の成行であろう。だが、もちろん歴史を書くことはとんちき芝居の品定めをするようならくな仕事ではない。この単純なことばは痛切な感慨をもって記されたものに相違あるまい。「歴史其儘と歴史離れ」の当時では、このことばの痛切感がまだ身に至りえて十分ではなかったように臆測される理由がある。そう記したことばのすぐ下に、こんな文句が出ている。「わたくしは又現存の人が自家の生活をありの儘に書くのを見て、現在がありの儘に書いて好いなら、過去も書いて好い筈だと思つた。」これは何ともえたいの判らぬなまくら文句である。「ありの儘に書く」ということの問題はともかく、なにが「好いなら」でなにが「好い筈」なのか、よいとかわるいとかいう筋合のはなしなのか、また現在の個人の「自家の生活」と過去の歴史とをおなじ筆法で支配できるつもりなのか、そう書いた筆者の料簡が曖昧模糊としている。そして、まだこんな曖昧な文句を書いているだけあって、はたせるかなというぐあいに、それから数行後につぎの文句が出て来る。「わたくしは歴史の『自然』を変更することを嫌つて、知らず識《し》らず歴史に縛られた。わたくしは此縛の下に喘《あへ》ぎ苦んだ。そしてこれを脱せようと思つた。」この文句には具体的な内容がある。「これを脱せようと思つた」とは、実際にはどうしたことかというと、「山椒大夫」（大正四年一月「歴史其儘と歴史離れ」と同時に発表）を書くことであった。やれやれである。

「山椒大夫」は無慙にも駄作である。よほど俗っぽく情緒纏綿《てんめん》としないと、こういうものは出来上らない。俗情を伝説の中にすべりこませて、あまり奔放でもない空想で肥大させて、美文の衣を著《き》せたものである。褒め上手のひとは詩があるとでもいうかも知れないが、あいにくその詩が恬然《てんぜん》として腐臭を放っているのだから、褒めたことにはなるまい。仕上げがきれいに行っているだけ悪質である。失敗の危険もないようなところに美があるはずもなかった。鷗外集中、くそおもしろくもない作品である。鷗外は「山椒大夫を書いた楽屋」を「無遠慮にぶちまけ」ると称して、作の成った次第を事こまかに述べているが、聴くべきのことばは一行もない。最後に「兎に角わたくしは歴史離れがしたさに山椒大夫を書いたのだが、さて書き上げた所を見れば、なんだか歴史離れがし足りないやうである。これはわたくしの正直な告白である。」という。歴史離れがしたりなかったがゆえに「山椒大夫」が駄作になったのではない。「歴史離れがしたさ」という気持から、作者がうっかり低地に踏み迷って行ったものと見受けられる。明治三十年の鷗外自身のことばを借りれば、折角「自然の発展」に沿って進みながら、途中でいつか「廻り合せの好い」仕組に足を取られたけはいである。それにしても、大正三四年の交というこの時期に、史料の堆積の下からもがき出ようとして、鷗外ほどの文学者がつい生涯で一番せいの低い作品を書いてしまうことになったとは、魔がさしたとでもいうのであろう。だが、作者の生涯には、ひょっとこんなふうに魔にさされる時期があるのかも知れない。

さすがに、鷗外は「山椒大夫」のほうに行きっ放しにはならなかった。（どうか、「山椒大夫」のほうとはロマンティスムのことかなどと見当ちがえをしないで下さい。わたしはロマンティスムというものをそうまでやすっぽくは踏んでいない。）この作が出てから一年後、大正五年一月、つぎのことばが記されている。

「私は此伊達騒動を傍看してゐる綱宗を書かうと思つた。外に向つて発動する力を全く絶たれて、純客観的に傍看しなくてはならなかつた綱宗の心理状態が、私の興味を誘つたのである。私は其周囲にみやびやかにおとなしい初子と、怜悧で気骨のあるらしい品とをあらせて、此三角関係の間に静中の動を成り立たせようと思つた。しかし私は創造力の不足と平生の歴史を尊重する習慣とに妨げられて、此企を拋棄《ほうき》してしまつた。」

右は「椙原品《すぎのはらしな》」の一節である。「創造力の不足」とはもちろん作者の謙遜であろう。げんに、このころから鷗外の創造力は鵬翼《ほうよく》を張って文学の新領域を開こうとしている。もし筆のついでにこのころから鷗外がそろそろ傍観者離れして来たと書けば、あまりに御方便な論法であろう。しかし、右のことばを書いたころには、一年前の「自然を尊重する念を発した」という自分のことばが切実に身にしみて来た模様だと見てまちがえはあるまい。余計な註釈を附ければ、史料の中にうかがわれる自然をありのままに書くことがすなわち可能を書くことだと、鷗外は自得するに至ったのであろう。へたな臆測よりも、作品を見たほうが判然とする。

「相原品」は大正五年一月一日より八日まで大阪毎日、東京日日の両紙に連載されたものである。これはとくに刮目《かつもく》して見るにも及ぶまい。だが、それに引きつづいて、おなじ月の十三日より五月十七日までおなじ新聞に連載された作品はなにか。これはたしかに「大塩平八郎」と「山椒大夫」とを見た眼を濯《あら》って迎えるに値する。「澀江抽斎」である。

ここに至って、わたしは胸をおどらせながら、ほっとする。「澀江抽斎」は一点の非なき大文章だからである。そして、わたしにとっては中学生の昔から大切な鷗外先生に対して、これを「大塩平八郎」に鞭うち「山椒大夫」に鞭うった暴をもうくりかえさなくてもよいからである。大正元年十月「興津弥五右衛門の遺書」以来、史実に筆を立てて「澀江抽斎」に達するまで、鷗外の大神通をもってさえなおときにつまずきときに迷わなくてはならなかった。振りかえって見れば、ここに至るまでは決して坦坦たる安易の道ではない。その事情は明白である。鷗外が小説家だからである。一わたり演舌をつかってしまえば、あとは楽屋で寝ころんでいられるような気らくな身分ではなかったからである。「自然を尊重する念を発した」ということばの見かけの速さを、真の速さとして把持しうるためには、努力の年月を要した。「大塩平八郎」につかれ、「山椒大夫」にあえぎつつ、いつか傍観者の骨身をけずりつつ、小説家鷗外が切りひらいたのは文学の血路である。後世の若輩わたしごときものの非力な鞭はとうに折れている。

（『森鷗外』ちくま学芸文庫所収）

石川　淳　一八九九（明治三二）年―一九八七（昭和六二）年。小説家、評論家。東京の生まれ。東京外国語学校（現在の東京外国語大学）フランス語科卒業。一九三六年、『普賢』で芥川賞受賞。フランス文学、江戸文学に造詣が深い。ここに収録した「自然を尊重する念」は『森鷗外』（三笠書房、一九四一年）初出で、のちに角川文庫、岩波文庫、ちくま学芸文庫に収録された。『森鷗外』は、『渋江抽斎』以降の史伝を「随一」と評した。

年譜（太字の数字は月・日）

一八六二（文久二）年　**2・17**（旧暦**1・19**）、石見国鹿足郡津和野（現・島根県津和野町）に、父・森静男、母・峰子の長男として生まれる。本名・林太郎。森家は代々津和野藩主・亀井家の典医。弟二人、妹一人がある。四歳より漢籍を、五歳より藩校・養老館で論語を、六歳からは孟子を学ぶ。

一八七〇（明治三）年　八歳　養老館へ五経復読に通う。父にオランダ文典の手ほどきを受ける。

一八七一（明治四）年　九歳　養老館で左伝・国語・史記・漢書を復読。夏ごろ、藩医・室良悦にオランダ文典を学ぶ。

一八七二（明治五）年　一〇歳　**6**父に伴われて上京。**8**向島小梅村（現・墨田区向島）の亀井家下屋敷に住む（翌年、一家上京）。**10**神田小川町の西周邸に身を寄せて、本郷の進文学舎に通学、ドイツ語を学ぶ。

一八七四（明治七）年　一二歳　1第一大学区医学校（のちの東京医学校、現・東京大学医学部）予科に入学（年齢不足のため二歳上の生まれとした）。翌年、寄宿舎に入り、官費生となる。『古今和歌集』や『唐詩選』を読む。

一八七七（明治一〇）年　一五歳　4東京医学校は東京大学医学部となり、その本科生となる。

一八八一（明治一四）年　一九歳　前年より本郷竜岡町（現・文京区湯島）の下宿に移る。7東京大学医学部を卒業。12陸軍軍医副に任ぜられ、東京陸軍病院勤務となる。

一八八二（明治一五）年　二〇歳　2第一管区徴兵副医官となり、従七位に叙せられる。5陸軍軍医本部勤務となり、プロシア陸軍衛生制度の調査に従事（翌年、二等陸軍軍医）。

一八八四（明治一七）年　二二歳　6陸軍衛生制度調査及び軍陣衛生学研究のためドイツ留学を命ぜられる。8出発、10ベルリン着。ライプチッヒ大学に入り、ホフマン教授の指導を受ける。

一八八五（明治一八）年　二三歳　2ドイツ語による「日本兵食論」「日本家屋論」を執筆。5陸軍一等軍医となる。ドレスデンで軍隊衛生学の研究に従事。翌年、ミュンヘン大学に入る。

一八八七（明治二〇）年　二五歳　5北里柴三郎と共にローベルト・コッホを訪ね、その衛生試験所へ入る。

一八八八（明治二一）年　二六歳　3プロシア近衛歩兵第二連隊に入り、軍隊医務に従事（～7）。9帰国。陸軍軍医学舎（陸軍軍医学校）教官に任命される。ドイツ人女性（「舞姫」のモデル）が来日、弟らが会い、帰国させた。11陸軍大学校教官兼任となる。『非日本食論将失其根拠』を私費刊行。この年、一家は千住へ移転。

一八八九（明治二二）年　二七歳　3西周の媒妁により、海軍中将男爵・赤松則良の長女・登志子と結婚。医学雑誌「衛生新誌」を創刊。10陸軍軍医学校二等軍医正教官心得となる。弟・篤次郎（三木竹二）と、雑誌「しがらみ草紙」を創刊。以後、小説や翻訳を発表。この秋、下谷上野花園町（現・台東区池之端）に移る。12「医事新論」を発刊。

一八九〇（明治二三）年　二八歳　1小説の処女作「舞姫」を「国民の友」に発表。6陸軍二等軍医正、軍医学校教官に任ぜられる。9長男・於菟《おと》誕生。10妻・登志子と離婚。「衛生新誌」と「医事新論」を合併、「衛生療病誌」とする。本郷駒込千駄木町（千朶山房）に移る。

一八九一（明治二四）年　二九歳　1「文づかひ」を「新著百種」に発表。8医学博士となる。

一八九二（明治二五）年　三〇歳　1本郷駒込千駄木町（観潮楼）に転居。父母、祖母と同居。7『美奈和集』を春陽堂より刊行（「舞姫」「うたかたの記」「文づかひ」のドイツ記念三部作のほか、訳詩「於母影」などを収録）。11アンデルセン『即興詩人』訳を「しがらみ草紙」に連載を始める（後に「めざまし草」に連載し、九年後の一九〇一年に完結）。

一八九三（明治二六）年　三一歳　11陸軍一等軍医正、陸軍軍医学校長となる。

一八九四（明治二七）年　三二歳　8日清戦争で中路兵站軍医部長に任ぜられ朝鮮半島に渡る。10第二軍兵站軍医部長となり、11出征。

一八九五（明治二八）年　三三歳　4陸軍軍医監となる。8台湾総督府陸軍局軍医部長となる。9解任、帰京。10軍医学校長に復職。

一八九六（明治二九）年　三四歳　1雑誌「めざまし草」を創刊。幸田露伴、斎藤緑雨との作品合評「三人冗語」「雲中語」が評判となる。4父・静男死去（六一歳）。9『衛生新篇』（共著）を蒼虬堂より、12評論集『月草（都幾久斜）』を春陽堂より刊行。

一八九七（明治三〇）年　三五歳　1公衆医事会を設立し、雑誌「公衆医事」を創刊。5翻訳・評論集『かげ草』（妹・小金井喜美子と共著）を春陽堂より刊行。

一八九八（明治三一）年　三六歳　10近衛師団軍医部長兼陸軍軍医学校長となる。11『西周伝』を西家より、12『洋画手引草』（共著）を画報社より刊行。

一八九九（明治三二）年　三七歳　6陸軍軍医監に任ぜられ、第一二師団軍医部長となり、小倉に赴任。ハルトマン美学の祖述『審美綱領』（共編）を春陽堂より刊行。

一九〇〇（明治三三）年　三八歳　2『審美新説』を春陽堂より刊行。12小倉の安国寺住職玉水俊虠と交遊。

一九〇一（明治三四）年　三九歳　1『即興詩人』の翻訳を完了。

一九〇二（明治三五）年　四〇歳　1判事・荒木博臣の長女・茂子（志げ）と再婚。2「めざまし草」を廃刊（巻之五六）。『審美極致論』を春陽堂より刊行。3第一師団軍医部長となり、帰京。6上田敏らと雑誌「芸文」を創刊（8廃刊）。9『即興詩人』を春陽堂より刊行。10雑誌「万年艸」を創刊。

一九〇三（明治三六）年　四一歳　1長女・茉莉誕生。2『芸用解剖学』を画報社より、9叙事詩『長宗我部信親』を国光社より、10『人種哲学梗槩』を春陽堂より、11クラウゼヴィッツ『大戦学理』（巻一巻二）訳を軍事教育会より、それぞれ刊行。

一九〇四（明治三七）年　四二歳　1第二軍軍医部長となり広島に赴任。2日露戦争起こる。3「万年艸」廃刊。4出征。翌年にかけて満洲（現・中国東北部）各地を転戦。

一九〇六（明治三九）年　四四歳　1帰還。6山県有朋、佐佐木信綱、賀古鶴所らと歌会「常磐会」をおこす。8第一師団軍医部長、陸軍軍医学校長に復職。10評伝『ゲルハルト・ハウプトマン』を春陽堂より刊行。

一九〇七（明治四〇）年　四五歳　8次男・不律誕生。9『うた日記』を春陽堂より刊行。11陸軍軍医総監、陸軍省医務局長となる。

一九〇八（明治四一）年　四六歳　1弟・篤次郎死去。2次男・不律死去。6コッホ博士来日の歓迎にあたる。『能久親王事蹟』を春陽堂より刊行。

一九〇九（明治四二）年　四七歳　5次女・杏奴誕生。6翻訳戯曲集『一幕物』を春陽堂より刊行。7「ヰタ・セクスアリス」を「スバル」に発表、発売禁止となる。文学博士の学位を受ける。12末、関西、中国、九州方面へ軍隊衛生視察のため出発。妻・志げの小説「波瀾」が「スバル」に初めて掲載される。

一九一〇（明治四三）年　四八歳　1視察旅行より帰京。翻訳戯曲集『続一幕物』を易風社より、翻訳集『黄金杯』を春陽堂より刊行。2慶応義塾大学文学科顧問となる。10翻訳集『現代小品』を大倉書店より、創作集『涓滴』を新潮社より刊行。

一九一一（明治四四）年　四九歳　1アンドレエフ、シュトュッケン『人の一生・飛行機』訳を春陽堂より刊行。2三男・類誕生。同月、創作集『烟塵』を春陽堂より刊行。5文部省文芸委員会委員となる。7文芸委員会の委嘱で『ファウスト』の翻訳にかかる（翌年1完）。ハウプトマン『寂しき人々』訳を金尾文淵堂より、12イブセン戯曲『幽霊』訳を金葉堂より刊行。

一九一二（明治四五・大正元）年　五〇歳　6第六回美術展覧会開設に付き美術審査員となる。7進級令に関する意見が入れられなかったので次官に罷免を請う。シュニッツレル『みれん』訳を籾山書店より、8戯曲集『我一幕物』を籾山書店より刊行。9乃木大将夫妻自刃。初の歴史小説「興津弥五右衛門の遺書」を脱稿し、10「中央公論」に発表。

一九一三（大正二）年　五一歳　1『ファウスト』第一部訳を冨山房より、2『青年』を籾山書店より、『恋愛三昧』を現代社より、3翻訳集『新一幕物』を籾山書店より、『ファウスト』第二部を冨山房より、5翻訳集『十人十話』を実業之日本社より、7創作集『走馬燈・分身』を籾山書店より、翻訳『マクベス』を警醒社より、11『ファウスト考』『ギョオテ伝』を冨山房より、イブセン戯曲『ノラ』訳を警醒社よりそれぞれ刊行。

一九一四（大正三）年　五二歳　4創作集『かのやうに』を籾山書店より、5歴史小説集『天保物語』を鳳鳴社より、ホフマンシュタール『謎』訳を現代社より刊行、10『堺事件』（「安井夫人」併載）を現代名作集第二篇として、鈴木三重吉により刊行。11従三位となる。『改版衛生新篇』を報文社より刊行。

一九一五（大正四）年　五三歳　1翻訳集『諸国物語』を国民文庫刊行会より、2『妄人妄語』を至誠堂より刊行。4勲一等瑞宝章を受ける。5『雁』を籾山書店より、9詩集『沙羅の木』を阿蘭陀書房より、12初期短篇集『塵泥』を千章館より刊行。

一九一六（大正五）年　五四歳　3母・峰子死去。4依願予備役となり、陸軍軍医総監、陸軍省医務局長を退職。5ゲーテ『ギョッツ』を三田文学会より刊行。11旭日大綬章を受ける。

一九一七（大正六）年　五五歳　12臨時宮内省御用掛を免ぜられ、帝室博物館総長兼図書頭となる。このころ漢詩を多く制作。

一九一八（大正七）年　五六歳　1帝室制度審議会御用掛となる。2創作集『高瀬舟』を春陽堂より刊行。12病臥。

一九一九（大正八）年　五七歳　5翻訳集『蛙』を玄文社より刊行。9帝国美術院長となる。11長女・茉莉、山田珠樹と結婚。12史伝集『山房札記』を春陽堂より刊行。

一九二〇（大正九）年　五八歳　10紫野大徳寺見性宗般師の金剛経提唱を聴く。11奈良行。

一九二一（大正一〇）年　五九歳　3『帝謚考』を図書寮より刊行。4見性宗般師の金剛経提唱を聴く。6臨時国語調査会会長となる。7脚本名著選集第一篇『ペリカン』を善文社より、10森林太郎訳文集巻一『独逸新劇篇』を春陽堂より刊行。11帰京。この頃から腎臓病の徴候が現われる。

一九二二（大正一一）年　六〇歳　3長男・於菟、長女・茉莉の渡欧を東京駅に送る。4英国皇太子正倉院参観準備のため奈良に赴く。病臥。5初め帰京。6病進む。7・6賀古鶴所に遺言を筆記させた（「死ハ一切ヲ打チ切ル重大事件ナリ奈何ナル官権威力ト雖此ニ反抗スル事ヲ得スト信ス余ハ石見人森林太郎トシテ死セント欲ス」）。**7・8**従二位に任じられる。**7・9**萎縮腎・肺結核により死去。

（編集部）

ちくま文庫

教科書《きょうかしょ》で読《よ》む名作《めいさく》
高瀬《たかせ》舟《ぶね》・最後《さいご》の一句《いっく》ほか

二〇一七年五月十日　第一刷発行
二〇二四年五月十日　第二刷発行

著者　森鷗外（もり・おうがい）
発行者　喜入冬子
発行所　株式会社　筑摩書房
東京都台東区蔵前二―五―三　〒一一一―八七五五
電話番号　〇三―五六八七―二六〇一（代表）
装幀者　安野光雅
印刷所　TOPPAN株式会社
製本所　加藤製本株式会社

ISBN978-4-480-43419-7 C0193